橘子郡男孩

goodbye orange county

肖水 >>著

宁夏人民出版社

图书在版编目（CIP）数据

橘子郡男孩 / 肖水著.—银川：宁夏人民出版社，
2007.4

ISBN 978-7-227-03447-6

I.橘… II.肖… III.长篇小说 – 中国 – 当代 IV.
I247.5

中国版本图书馆 CIP 数据核字（2007）第 035751 号

橘子郡男孩

肖水 著

选题策划 张新荣

责任编辑 张新荣 李媛媛　　　　责任校对 吴 阳

装帧设计 丹青视觉　　　　　　　责任印制 来学军

宁夏人民出版社　　出版发行

出 版 人 高 伟

地　　址 银川市北京东路 139 号出版大厦　　（750001）

网　　址 www.nxcbn.com

电子信箱 nxcbmail@126.com

邮购电话 0951–5044614 5014354

经　　销 全国新华书店

印刷装订 宁夏华地彩色印刷厂

开　　本 889mm×1194mm　1 / 32

印　　张 7

插　　页 10

字　　数 200 千

印　　数 7000 册

版　　次 2007 年 4 月第 1 版

印　　次 2007 年 4 月第 1 次印刷

书　　号 ISBN 978-7-227-03447-6 / I·903

定　　价 20.00 元

序言：那年夏天的橘子花香

刘 童

说起来有点好笑，我和水认识是在我们都离开了湘南小城之后的第三年。

然后发现原来我们在一座城市共同生长了二十年。然后发现原来他和自己一样喜欢写点文字，喜欢想点事情，喜欢交单纯的朋友，过惬意的生活。于是之后的每个年末，我们都在进行对整个湘南的穿行。

我说我要做一个优秀的电视人，做一个感动千万读者的作家。

他瞥着眼睛看我，说：嗯，那我做一个好的大学教授，然后一个诗人吧。他的意思我听出来了，其实是：你要做两行，我也不能示弱。你要做感动读者的作家，我也不好意思和你争，我就做好一个诗人好了。

那年夏天，水果然获得了北京大学"未名诗歌奖"，接着冬天又获得了《上海文学》诗歌新人奖。

我枕着胳膊在北京的三层小洋房发呆，这小子真的成功了。

后来我们被某出版社弄成了一个文字组合，各自发行了自己的长篇单行本。那是水的第一本长篇，下了大蛮力。

精美的文字容易让人眩晕。

于是有大量的女生给他写信，复旦的邮箱一年难得有封信，因为出了水，于是变得也要排起档期来。

也因为他不负责任的做法，把我的手机号码一五一十地写在了他的小说里面。

于是，无论多晚，都会有人发短信问：请问你是麦岛吗？几近崩溃。——后来我也学会从短信和陌生来电的多少来判断他的小说的销量。

也因为那是他的"处女作",所以很惨地被家乡的媒体拿过来与我的"处女作"对比,好的评语基本给了我,对他的评价是写诗的前途更大更好更光明。这样的结果导致,那时的水基本上不太搭理我了,我才意识到媒体的力量是多么的强大。

再后来,湘南突然又出了一个女作家。写的书本本大卖,一个月一本的速度让我和他都汗颜。情节简单,文笔清澈,文字不见得多有诚意,但保持本本起码水准的态度很诚恳。

我说,我还是做好我的电视人吧,一年一本诚意之作。他又不说话了,瞥着眼睛看我。

其实我知道他的意思,他的意思其实是:偏不,我会好好努力写的。人家成功了,就一定有成功的理由。

于是半年后,我看到了他的新作——《橘子郡男孩》。

风格变了,不像他了。

你可以把它理解为妥协,也可以理解为蜕变。

他也终于放弃了诗化的语言,改用了紧凑的情节;放弃了长篇的描述,而用了精短的概论。如果你不告诉我,这是水写的,我会觉得这是上上乘的韩式小说,漂亮的男女,显赫的身世,博大的知识,高深的学府,来自于复旦的法学硕士水。于是你就不用担心这一切是虚构的了,起码,这也是他的生活他的经历他想告诉你我所有人的故事。

《橘子郡男孩》的结尾是这样写的:郑小尘说,这个夏天很特别,但没有想到竟然这么快就过去了——

我想对水说:我和你认识的这几年很特别,但没有想到四年竟然这么快就过去了,有一点点的小伤感。

想起四年前,我们见第一面时你的腼腆清秀。再猛然看到你现在写在记录本上潦草的一句话——估计你也忘记了你是在什么状态时写下的吧——可是朋友们说我不是喜欢,而是在做一道竞赛题。因为她是校花,

因为她没有被人搞定过。

　　我觉得蛮好笑，那样的你和这样的你以及真实的你，伴着《橘子郡男孩》就这样盛开了吧。

写于 2006 年 10 月 7 日

（刘童：《五十米深蓝》《美丽最少年》作者，

《娱乐现场》《明星 bigstar》制片人）

No. 1

郑小尘走出"橘子郡"的时候,阳光明媚,天空万里无云。

轻松地跳下台阶,他忽然停住了。缓缓回过头,他去看这座用浓重的阴影将他笼罩的老建筑。

"真是不错啊……"他自言自语道。

如果此刻时间停住,再用力往回拨八十年,此地将是另一番风景。

一片沼泽。悠长的水道,曲折不见终点。浅浅的水上漂着浮萍。小鱼藏匿其间,轻轻抖动,浮出气泡。还有翠鸟的鸣叫不时钻出密密的芦苇丛,传送到一个穿着白色西服、拎着白色礼帽,神情闲适、目光笃定的年轻人耳里。

冥冥中,这位非同一般的少爷很快喜欢上了这里,他不顾家人的反对立即将这片土地买了下来。疏通河道,挖池养鱼,平整土地,修造马路,在水边建起了一座西洋式的别墅。等一切都平静下来后,他在别墅的周围种植了许多的橘树。那些橘树几乎终年一片青翠,即便到了秋天,树上挂满的也是轻涩的果子,生机盎然。

这座府邸本是没有名字的，只是过了二十年，道路、商铺、人流，甚至城市都已经延伸到了院墙之外，那位一身白色衣装的年轻人从橘子树下消失不见了——这里也换了主人。一个没有风的清晨，在附近大学当教授的新主人将一块铜质铭牌郑重其事地钉在了门上，上面写着一行字：

"橘子郡公寓　步岚街 17 号"

此刻，郑小尘就站在步岚街的尽头。

虽然门牌号没有变，橘子树还是那些橘子树，依旧郁郁葱葱，但这里已不再是那位教授的私人宅子了。解放后，几经变更，几经辗转，到了现在，公寓的主人的面目已经模糊不清。反正现在是被一墙之隔的复旦大学租用了下来，作为它的学生公寓。

本已破烂不堪的别墅，经过修缮，内部竟然焕然一新，装了空调，装了宽带，换了门窗，重铺了木地板，一人独享一个房间，甚至每层都有一个厨房，惹得学生们争先恐后申请去那里安家落户。但并非人人都可以不费力气就能捡到天上掉下来的馅饼，人人都挤破了头，最后这里却成了富家纨绔子弟的聚居地。所以清高的"大多数"走过这里的时候，眼睛几乎都会瞬间就转移到了天上去，或者飘到了那些挂满果实的橘子树上。

是的，幸好还有那些橘子树，使这里保留了一些人情味。

郑小尘等的人还没有来。他从工装裤口袋里掏出"骆驼牌"香烟，点燃，潇洒地吐出一环又一环的烟圈，然后用鼻子追逐着烟雾，很享受地——吸进胸腔里。

一丝狡黠的笑容，随着鼻翼的翕动，在他英俊的脸庞上浮现。他是一个帅气的男孩，从来没有人否认。——错了，曾经有个雀斑女孩说他"并不帅"的话传到了他耳朵里。有一天，那个女孩在路上走着走着，忽然有个男生跳到她面前，恶狠狠地对她亮出拳头：

"你知道我是谁吧！下次乱说话，小心你的脸蛋！！"

雀斑女孩忽然在人群中傻掉了，手里的冰棍迅速融化，汁水淌了一手，只听到她嘴巴里不断嘟囔道：

"帅！真的很帅！——"

没有一丝风，他的长发像瀑布一样落下来。像卡通电视剧里的冷峻帅哥一样，他戴着耳钉，钻石的，在太阳光下发出耀眼的光芒。一米七九的个头。脖颈间散发出 CK 的香水味。

他从不承认自己是妖媚的男生。在镜子前，他从来不曾停留很久，但他知道自己的脸庞像一块光滑的石头，坚硬，但是不失光亮。

一粒石子忽然滚到他的脚边，他低下头，不断去踢它，踢它，踢它。

忽然，另一只脚踩住了那粒石子。

郑小尘并不抬头，他的笑容在发丛之中，迅速绽放。

"我说，你们女人总是难等，非得要让所有的男人都失掉了耐心，才会从天而降，还非得说'我是为了给你一个惊喜'！"

来的人迅速否定，拖着长长的尾音：

"哪里啊！我本来早就出发了，可钱包忘记拿了！所以——"

"所以你你又跑回去了，是吗？"

"是啊！"

"傻！我身上带了钱不就得了！？"

"你才傻呢！我的一卡通都放在钱包里了！"

"一卡通？"

"没有一卡通，吃饭我虽然不需要冷水凉拌西北风，但是进图书馆—— 你帮我'偷渡'啊？！"

女孩开始气呼呼了。

"图书馆？我们有说过去图书馆吗？"

"当然！！再不去自修，你的每门功课都要'大红灯笼高高挂'了！"女孩一边说，一边拉着郑小尘往前走。

"不去，不去——你也知道，我不是读书的料啊，再努力也是浪费时间！"

郑小尘一边走，一边挣扎："与其把时间浪费在图书馆，还不如浪费在

大街上—— 你看今天天气多好啊,橘子树上都开始挂果子了!"

女孩甩掉郑小尘的手,气呼呼站着不动了。

"你的意思是——即使是去图书馆'陪'我,你也不去!? "

女孩的声线忽然高了起来,两人的眼神也立刻对峙了起来。

四周忽然变得很安静,一只白猫悠闲地穿过马路。它似乎对情侣间的拌嘴早已习以为常,瞥了一眼,并不关心,"喵喵"叫了一声,独自躺在一棵橘子树下,享受难得的煦暖阳光。

郑小尘紧皱的眉头松弛了下来。

他甩甩手,说:"那好吧,我们玩一回时尚——去图书馆谈恋爱!"

No. 2

图书馆的"古籍阅览室"是这座巨型建筑里人迹罕至的地方。

它位于图书馆的最高一层，十五楼。山高云淡，风清露洁，正好适合那些白发苍苍的老教授在此"隐居"。连阅览室的管理员也是一个面目清癯的老头，年龄该在六十岁以上，颇有仙风道骨。

已经十点了，孔哲才在十五楼的电梯口出现。

他手里捧着一盆白色的茉莉花，气喘吁吁。提着洒水壶正准备要进去的杜老头听到他的脚步声，又转身探出头来。

孔哲笑笑，与老头擦肩而过，径直走向阅览室最靠里面的窗台。

带着清澈的露珠，茉莉花在阳光下，像一个受尽宠爱的孩子。

"买的？" 不知什么时候，杜老头已经跟到了身后。

"是啊！超便宜，才五块！"

不等杜老头评价这是否是一桩划算的买卖，孔哲又继续说道：

"杜老师，对不起啊，今天一觉睡到了刚才，来晚了，下次一定按时向您报道！"

他把"按时"两个字喊得梆梆响。

看到孔哲脸上调皮的神情，杜老头摆摆手，就笑了：

"你啊，就是一个小孩！"

"哈哈！你不是说'年轻人就要有年轻人的活法'嘛，我可是按你的最高指示——"

孔哲的声音高亢了起来，杜老头"嘘——"的一声，示意他小声点。

孔哲环顾整个阅览室，除了每天还不等开门就在门口等着的中文系的姚老先生，今天竟然还陆陆续续出现了几张年轻的陌生面孔。

"奇怪！最近又要考试了吗？"

"对啊——期末就要到了啊！"

孔哲本想向杜老头求个情，让他这个"管理员助理"最近少来爬几趟"山"，因为他这次期末考试的科目竟然有十门！反正这里"地广人稀"，书看完后大家都会很自觉地放回原处，每天所做的也无非是将一卡通从左手转移到右手，又从右手转移到左手，顶多再加上一项苦力：洒水扫地。

孔哲正要转身张嘴求情，杜老头却嘟囔着"现在的孩子怎么都喜欢临时抱佛脚呢……"歪歪斜斜地走开了。

当他再去管理台整理一卡通的时候，杜老头问孔哲道："期末考试科目多吧？"

"挺多的！有破纪录的十门呢！都要疯了！"

杜老头笑笑说："那你天天来这里看书好了。看上一个月，保证刀枪不入！"

孔哲听了，差点没有倒地死掉。

就在孔哲仰头作倒地死状的时候，"轰隆"一声巨响，地板地震一般剧烈震动，尘灰瞬间淹没了整个阅览室。孔哲努力睁大眼睛，再使劲揉揉，一看，发现阅览室最里面的一长排木质书架像"多米诺骨牌"一样全部倒在了地上！"天哪！"孔哲和杜老头不约而同地惊叫了起来，慌张地冲向那堆废墟！

与此同时，十五楼以下的几个阅览室也经历了一场突如其来的尘雨，人们在震动中纷纷抬头望向仿佛要开裂的天花板，其中就包括了在十三楼的办公室里接待客人的戴着黑框眼镜的馆长。

在馆长努力摆动双臂冲向十五楼的时候，孔哲和杜老头已经冲到了倒塌的书架面前。让他们极度惊讶的是，竟然有一男一女拥抱着歪斜地倒在最里面的一座书架上！

他们一脸灰尘，完全看不清面目。

男生爬起来，他的手擦破了皮，鲜血渗出，和灰尘黏在一起。女孩头发凌乱，几乎要哭出声来，但惊恐似乎让她忘记了疼痛，即使男生压在她的身上，她都没有推挪一下。或者在孔哲的回忆里，她那一刻更像是在享受男孩的怀抱。

其实，一切都已明朗。

"真不像话！谈恋爱，竟然谈到图书馆里来了！"杜老头冷冷地说。

怒气显然让他往日的温和与慈祥迅速消失，他的眉头皱得像深谷沟壑一般。

"看你们怎么收拾！"

他望了望一地的书，抛下一句话，背着手走向了管理台。

等恋爱中的男女走过来的时候，馆长已经冲了进来。他看到一地狼藉，呆得哑口无言，过了半晌，他厉声叫道：

"怎么回事!？"

"喏，他俩干的好事！"杜老头一边在盒子里寻找一卡通，一边答道。

"打架了？"

说完这句话，馆长显然发觉自己的猜测错了，因为他发现站在他旁边的是一男一女，而且女生此刻正拉紧男生的衣袖，低着头怯怯地站在他身后。

"怎么会——"

没有人回答他。

"难道……"

馆长伸出双手想比划一个动作，但他立刻停住了——显然他猜对了，尴尬使他脸上的疑惑瞬间被怒气所取代！

他从杜老头手里抢过那叠一卡通，甩在他们的面前，说：

"哪两张是你们的？再写下你们的电话，还有你们辅导员的！老实点！快！"

"我们一会儿就把那些书收拾好了,没有必要再'麻烦'我们辅导员了吧！他挺忙的！"

男孩扬起头,骄傲的眼神,闪出眼眶。

"你们'麻烦'我们就可以? 是吗?！他'忙',我们就不'忙',是吗?！"

男孩的回答显然刺激得馆长更加生气,他不耐烦地催促道:

"快点找出你们的一卡通！否则现在就找你们老师来！"

男孩冷冷地将两张一卡通推到馆长的面前。

"郑小尘,商学院……桑佩佩,物理系……"

桑佩佩走过来说"对不起,连累了你"的时候,孔哲正在书脊上找那痕迹难寻的编号:

"D……956.121……"

"你是哪个系的?"桑佩佩接着问道。

"我?"

"是啊！"

孔哲从书架深处走出,一边淡淡地回答道:

"法学院。"

"那你肯定知道苏窈窈吧?"

不知道什么时候,叫"郑小尘"的男孩也闪到了孔哲的身边。

孔哲抬起头,看看这个长得帅得有点邪的男生,说:

"认识啊,她是我们的'院花'啊！"

"哈哈,她——你都认识啊,你肯定不是好学生！"

孔哲听到这话,笑着摇摇头,不再理会他们,只埋头清书。

可他心里念道:今天惨死了！下午约好同学去游泳的……

游泳本来是他自己的建议,同学被他说动后把所有的游泳装备都买齐了,他却已经放过人家好几次"鸽子"。如果这次再不去,他肯定会被同学砍死了。

孔哲甚至想到了,在校门口,将会立起一根高高的旗杆,上面悬挂着他鲜血淋淋的首级……

孔哲越想,懊恼越在他的脑际聚集。

他抬头去看郑小尘和桑佩佩。桑佩佩把书一本一本地堆在脚边,书摇摇欲坠,她赶快蹲下来,像抱住一尊佛像一样抱住书。而郑小尘此刻竟然倚着书架,掏出了一支香烟!

看见孔哲盯着他,郑小尘含着香烟的嘴巴努了努,发出含混的声音:

"来一支吗?"

孔哲惊慌地环视整个阅览室,幸好没人!

那阵灰尘雨已经赶走了所有的读者,连杜老头都找了一个理由先回家了,他嘱咐孔哲监督他们把书架整理好后,再将门锁上。

"这是图书馆,不要抽了好吧。求你不要书架还没有整理好,又惹来一场火灾!"

"你是猪吧!"孔哲的话还没有说完,桑佩佩就对郑小尘叫道。

郑小尘顺着她的手指,看到了天花板上的灭火喷头,无奈地将香烟塞进了香烟盒子里。

孔哲仍埋头整理书。

"清理了一个下午,书架只清理一半,照这样的速度下去,非得搭上一个晚上不可。"这次他脑海里想到的不再是"旗杆"了,而是一台饿得滋滋作响的"铰肉机"。

想起杜老头平时并非一个严苛的人,孔哲又松了一口气。但当他再次努力往"废墟"里"挖掘"的时候,他刚松了的那口气又回来了,并堵住了他的胸口。

书堆里竟然埋着他刚买回来的那盆茉莉!

孔哲好不容易将花盆挖出来。洁白的花瓣全不知了去向,叶子也变得稀稀落落,仿佛一个美人被扒光了衣服,露出斑斑伤痕,令人戚戚。

他站起来,刚想发作,桑佩佩就一脸堆笑地凑了过来:

"你真是个超级大好人啊!今天晚上我们请你吃饭!"

橘子郡男孩

No. 3

郑小尘是在请孔哲吃饭的时候，接到辅导员的电话的。

孔哲本以为不过是"街边小店"简单解决一下，没想到先是被推进了出租车，然后左拐右拐，终于停了下来。车门一开，就看到了"季风餐厅"那块艳得像朵绝世牡丹的招牌。

"季风"是大学城附近最出名的中西餐厅。它由老洋房改建，一楼突出来的部分是座玻璃房子，但上面爬满了青藤。一楼靠近马路的座位是最抢手的。带上一本书，点上一杯咖啡，坐上一下午。在那里，能看到路人闪烁的目光，看到市井和阳光的流逝，还能一抬头就看到在头顶攀援的绿色，以及透过隙缝跳进眼睛的那一方窄窄的天空。天很蓝，像一片安静的海。"季风"的摆设都是很西化的，浅黄色坑坑洼洼的墙壁，保留了木头原色的餐桌，苏格兰方格的桌布，还有宽大的红色沙发，以及或帅气或娇美的服务生。

服务生递上菜单。

桑佩佩只要了一盘金枪鱼沙拉，郑小尘要的是黄金牛排。菜单上的价格，让本想"不管三七二十一敞开肚子吃穷他们再说"的孔哲，此刻明显感到胃在不自觉地收缩、变小。

"我要……"他的目光并没有在菜名上停留，而是在价格上穿梭。

"吃这个鹅肝饭吧！挺好吃的呢！"桑佩佩推荐道。

"好吧。"

孔哲合上菜单，诡异地笑了。只是这笑容在夜色的配合下极其隐秘，郑小尘和桑佩佩根本无法觉察到。

其实，孔哲也并非等闲之辈，看他接近于"莫希干式"的头发和不用分辨就能确定的一身名牌，就知道其实他和郑小尘是"一丘之貉"。

杜老头第一次见到孔哲的时候，就曾经问过孔哲：

"你喜欢贝克汉姆？"

靠，连杜老头这样的高山隐士都知道贝克汉姆，这是什么世道啊！估计没有一块净土了吧！但孔哲故作镇定，暗藏骄傲地反问道：

"贝克汉姆是谁？"

"你不知道他是谁？"

孔哲摇摇头。

杜老头知道孔哲在和他角力，抛下一句"你强的！"抱着一堆书摇晃着脑袋走开了。

孔哲认为自己"强？还好吧……"更"强"的当然是他老爸。如果不是屈服于他老爸的"淫威"，他也不会每周两次"爬"到这座图书馆来"忆苦思甜"。而他之所以会"耐心"地帮两个闯祸者收拾书架，除了那貌似是他的"光荣的职责所在"之外，他认为那只能归结为自己是个"英俊、善良、助人为乐的家伙"。

一想到这，他心里觉得美滋滋的，仿佛有无数捧着鲜艳玫瑰的女孩在他身后紧追不舍。

电话铃声让他从美梦中醒来。

桑佩佩举起了酒杯，红酒沿着杯壁晃荡着，而郑小尘从口袋里掏出了NOKIA 8800，精钢淬炼的滑升机身寒光闪闪。

"嘘——"郑小尘示意道,"兴师问罪的人来了!"

"谁?"孔哲还是迫不及待地小声问。

"肯定是图书馆那个'黑眼镜大熊猫'把庙里的变形金刚招引来了!"桑佩佩一脸的不屑。

"变形金刚?"

"嘘——"郑小尘再度发出警示的时候,电话已经接通了。

电话传出的声音很响,仿佛有一团火从手机里突然窜出来,差点烧穿耳膜,吓得郑小尘赶快将手机远离耳朵十万八千里。

过了一会儿,他索性按下免提键,将手机像个小人儿似的立在桌子上。于是,孔哲真切地听到一个很年轻的声音飞出来,像榴弹炮一样吧嗒吧嗒个不停:

"郑小尘,你给我带来够多的麻烦了吧——大大小小的——那也就算了!可是,这次——这次你竟然大闹天宫!"

"靠!那栋破楼也能说是'天宫'?顶多是'青少年宫'!"桑佩佩小声回敬道。

郑小尘狠狠地瞪她一眼,她立刻捂紧嘴巴,噤声不语了。

"我没做什么啊!那只是一个意外!——对啊,我怎么知道那些书架那么脆弱,我一靠上去,它就稀里哗啦地倒掉了!"

"你一靠上去?"

"是我一靠上去啊!"

郑小尘这次一边说,一边把目光转移到桑佩佩身上。桑佩佩立马歪起头,躲开郑小尘的目光,装模作样地抓头顶上并不存在的飞蛾,一副"事不关己,高高挂起"的样子。

"你还在狡辩!明明是两个人!听说,还衣冠不整——人家没有冤枉你们吧!"

"……"

"你现在来事的能力是越来越强啊,内容是越来越精彩,级别也是越来越高啊!上次你是在院资料室,这次从一楼直接就升级到十五楼去了!郑小尘,你可真行啊! ”

"高老师……我在餐馆呢,很多朋友在……您给个面子吧! ”

郑小尘说话的语气听似在请求,其实此刻却是一边说话,一边朝电话重重地吐起了烟圈。烟雾反弹回来,他的脸上没有尴尬,有的是一种出奇的坦然。

"面子? 我给你面子够多了吧,但你给过我面子吗? 这次,如果不是图书馆馆长直接打电话给我,我纸包着火也就算了! 问题是,这次馆长直接给院长打电话了,然后院长再十万火急地把我传唤了过去! 你知道吗?! ”

"哦! ”

"你就知道'哦'吗?! 你上次惹的事,院长的怒气还堵在胸口呢! 这次——你就等着'暴风雨来得更猛烈些吧'! ”

"但是——"不等郑小尘再说什么,辅导员的电话挂掉了。

烟雾吐纳,郑小尘耸耸肩,依旧貌似轻松地说:

"哎,这些当官的和当差的就是想死死地守着那座'贞洁牌坊',除了不怕多出几个贞节烈女,其他的任何状况都会让他们胆战心惊! 不过,没事啦,just take easy! 相信我! 我会处理好的! ”

然后,郑小尘微笑着举起酒杯站起来,移近孔哲面前:"Forget it ,来,我们喝酒! ——小哲,敬你,今天真是麻烦你了! ”

孔哲不好意思地站了起来,但桑佩佩坐着并不动。稍顷,她的声音像手中的玻璃杯一样冰冷而剔透:

"郑小尘,你在你们院资料室发生的是什么精彩的事情啊!? ”

"没有什么啊! ”郑小尘冷不防地被问了一下,陶瓷般光洁的脸上闪过一丝尴尬,但他调动鼻翼两旁所有的细胞,极力用笑容掩饰住,把桑佩佩一把抱在了怀里:

"亲爱的,喝一口! 古人说'人生得意须尽欢,莫使金樽空对月',我们说'人生苦短,及时行乐……'”

桑佩佩推开他的手,不依不饶:"什么乱七八糟的! 你肯定做了什么见不得人的事吧! 想糊弄我? 没那么简单! ”

郑小尘甩掉香烟,将杯子递到桑佩佩面前,假装威胁道:

"喝不喝?"

"不喝!"

郑小尘放下杯子,跳到桑佩佩身后,拥住她整个身体:

"喝嘛!即使发生过什么,也是在认识你之前好不好——难道你非得把陈年旧事挖出来摆地摊啊?"

"当然要算旧账的!非算不可!"桑佩佩嘟起嘴巴,像个骄傲的公主。然后她开始用蛮力,试图从郑小尘的拥抱中挣扎出来。郑小尘也毫不示弱,越抱越紧。旁边座位上的人都将目光投注了过来,孔哲立起身,"吭吭吭",咳嗽了几声,但是无人理会,两人的"战争"仍然旁若无人地进行着。

"啊,你还真野蛮啊?!"

"你神经病!"

"你再野蛮,我就咬破你的脸蛋!"

郑小尘低下头,像只绿眼狼一样盯着桑佩佩,蓄势待发要扑上去的样子。但他停下来,偷眼看了孔哲一眼,然后装作凶狠狠地,就要往桑佩佩脖子上"喀嚓"咬下去。

桑佩佩佯装努力推开这个她准备用一生来爱的男孩,郑小尘却更紧地缠住了她的身体。她的呼吸,让她陷入一种对美丽的想象。她觉得身体里涨满了水,像远方一座高山间的湖,看得见山峰和白云的倒影,看得见水鸟的翅膀轻轻划过水面。

就在桑佩佩陷入想象的时候,郑小尘俯下身,狠狠地咬住桑佩佩的嘴唇。桑佩佩闭上眼睛,像一只失去抵抗力的绵羊一样,瘫倒在郑小尘的怀里。

No. 4

　　桑佩佩刚才想知道的事情，郑小尘是不会告诉她的。

　　虽然他装作若无其事，但刚才还真是出了一身冷汗。首先担心辅导员忽然在电话里爆料，再者桑佩佩和他死缠烂打，非得来个鸡飞蛋打、你死我活。他比谁都清楚，桑佩佩是个既敏感又倔强的女孩。

　　望着躺在自己怀里的这个总喜欢在自己身上尝试各种新奇颜色的搭配，将自己打扮得光鲜亮丽的"颜色狂热分子"，郑小尘将脸轻轻摩挲着她散发出薰衣草香味的头发，心里轻轻叹道：

　　"美丽，总是容易让人骄傲啊！"

　　其实，在这之前，还有一个比桑佩佩更美丽、更骄傲的。

　　那是不太久又觉得很久以前的故事了⋯⋯

　　她。郑小尘叫她"艾丽斯"，这当然不是她的真名，大概连郑小尘也把她本来的名字忘记了。或者，在她令人窒息的美丽面前，他总来不及问。

　　那段感情太短暂、太缥缈了，就像一束烟火，从开场直接走向了尾声。

　　而烟火怒放、火光闪耀的巨大的背景，就是让院长勃然大怒、至今走进去仍浑身不自在的商学院资料室。

关于这段浪漫最初的情节都可以省略，因为它们没有任何的特别。和平常人一样，从邂逅时闪烁的眼神，到交换电话号码，到短信的穿梭来往，直到手指僵硬硬无力……只不过，这个过程郑小尘从早晨走出橘子郡，只用了不到十二小时的时间。

十二小时，七百二十分钟，四万三千二百秒，弹指一挥间，检验着郑小尘的魅力……

当夜幕降临，郑小尘终于放下手机，钻进浴室去享受一个舒服的热水澡。为了让整个身体的每个关节都能再次活动自如，这个澡他整整洗了一个小时，直到隔壁的人以为他没有关紧水龙头，过来敲他的门。

郑小尘裸着身体从浴室钻出来多谢人家的关心。关上门，他顺便瞧了一眼手机，竟然有六个未接电话和七条未读短信！

"靠，不会吧！"他尖叫了起来，差点滑倒在地。

他忙不迭地钻进浴室，胡乱擦干身体，套上内裤就跳了出来。

拿起手机，他彻底慌了，所有的电话和短信都来自艾丽斯！

"Damned！Damned！她不是说'手指'累得强烈申请要'休长假'了嘛！"

他惊慌失措，手忙脚乱。终于翻到一条短信：时间。地点。加上一句淡淡的"我等你"。

郑小尘迅速套上简单的内衣和牛仔裤，冲下楼，直奔艾丽斯约好见面的地方。

另一条短信中，艾丽斯说：我后天就要去英国了，也许再也不回来了……

这是一个美丽的谎言，还是恶作剧？在男主人公拨开人群，一头长发在校园里狂奔的时候，那个美丽的女主角是否就躲在暗处偷笑呢？

郑小尘跑到古旧的老校门的时候，昏暗的灯影下，已经空无一人了。他再次掏出手机，调出短信，确认艾丽斯说的就是这个地方无疑。

他围绕着老校门做圆周跑，不断张望。不断有人走近，走远，走来，走开，但都不是他要等待的那个人，都不是那个叫艾丽斯的美得允许她骄傲的女孩。

她的美丽，在夜色里，都能让流浪的猫群停住脚步，屏住呼吸，并且目送她走远。

郑小尘掏出香烟，倚着木门抽了起来。

过了一会儿，他掏出手机，看见没有未接来电，没有新短信，关机，放进口袋。诡异的微笑在他的脸上浮现，但没有人知道他在想什么。

过了好久，他终于对着灯下自己的影子说话了：

"怎么能让我这么等啊！哈哈，一直只有别人等我的份啊！"

他再次掏出香烟。周围仍然没有其他人影。

郑小尘一看表，已经九点了，他差不多等了四十分钟。他终于忍不住打开了手机，一条新信息随着蜂鸣声及时传来：我在你们院资料室。

时间显示：八点五十八分。

这次郑小尘并不着急。他走向古旧的老校门，攀上沉重的古铜色的栅栏大门，深深地吸了一口香烟，将烟雾用力地吐到木栅栏外面去。

木栅栏外的天空，一片明净的幽蓝。

烟雾穿越障碍，一下，又一下……最后一次，他瞄准远处屋檐落下的阴影，用力吐出烟头。

烟头越过古旧的木栅栏，火星四溅。

第二天一大早，资料室还没来得及对外开放，商学院院长孙牧教授就带领着外宾到他引以为自豪的现代化资料室来参观了。管理员一打开门，十几双颜色各异的眼睛全被眼前的情景惊呆了：本以为空无一人的资料室里，靠近门口的桌子上竟然躺着一对相拥着的男女！

"Oh，God！"惊叫的声音，像洒落一地的钢镚儿。

郑小尘迷迷糊糊地睁开眼睛，看到眼前横着无数条人影，才陡然惊醒！他用力推着艾丽斯。这么多鬼佬忽然出现在眼前，艾丽斯简直以为自己是被外星人绑架了，此刻就躺在外星人的解剖台上。她吓得尖声大叫，整个身体都跃了起来。

"啊——"

随即，她跳下桌子，裙角被木刺挂住，"嗞嗞嗞——"。听到清脆的丝绸撕裂的声音，艾丽斯猛一回头，看到自己的裙子像一朵百合花一样瞬间裂成了两瓣。

紧紧扯住裙子的艾丽斯和漫不经心的郑小尘一起被带进一个办公室，脑袋里一片混沌。她摸摸头，滚烫。再摸摸胸口，惊魂之后，心脏竟然没有半点平静下来的意思，反而跳得更厉害了。昏沉沉的，她无力去听那个也吓得半死的姓高的辅导员的训斥，对于该怎么办她也没有任何主意。她只想闭上眼睛，不去想任何事情，但昨晚发生的一切却不断地闪进她的脑海，像躲不过的光。

郑小尘推开资料室的门，她看到那双橘红色的荷兰纪念版的"阿迪"就知道是他，但她装作没有看到，只是埋头看书。

他走进来，并不叫她，只是取来一份报纸，静静地挨着她坐下来。

她不抬头，目不斜视，后来，实在忍不住掩嘴偷笑了一声。对面有人抬起头疑惑地看了看她，她迅速地将头埋得更低了。

时间一点一点地接近十点钟，资料室里的人变得越来越稀落。最后只剩下三四个人的时候，她看到一张纸条慢慢地移到了面前。

展开一看：我们今晚不走了吧，偷偷地待在这里吧！

艾丽斯刚要惊讶地叫起来，就感觉到一只手紧紧地拉住了她的手，她的身体像一阵风一样，跟随着它而去。

管理员出去扔垃圾回来，发现刚才还赖着不走的一男一女已经消失不见了，只在空气中留下一缕烟。他巴不得他们赶快消失呢，这样他就可以立马回家去陪正在生气中的新婚妻子了。

他急急忙忙切断电源，锁上门，完全没有发现在书架的深处还躲着两个心扑扑乱跳的身影。

屋外的声音渐渐平息，整幢楼都黯淡了下来，艾丽斯这才敢大口地呼气。就在她的心刚刚落下来，想帮助肺部的每个细胞都舒展开的时候，她发现一张唇已经紧紧地覆盖在了她的唇上。

"你……"

透过屋外的一点点光，她看到了这个英俊男孩长长的睫毛，看到他俊朗的面庞，看到他平滑的腹部，收紧的臀部，骄傲而嚣张的器官。

她感觉，他像一条大河一样侵蚀着自己。

激情来得如此炽热和猛烈……艾丽斯感觉到灵魂都随着那双手的移动向上飞升而去。越飞越高，越飞越飘摇……天堂是如此地触手可及。

等到天堂的歌声渐渐平息，她发现自己就躺在刚才她看书的那张桌子上，而她的身边已经站满了长着蓝绿眼睛的鬼佬，当然还有那个从一脸尴尬转到怒气横冲、几乎要拧断他们两人脖子的院长。

这些都是她意料之外的。

在出国前的倒数第二个晚上，她没想到竟然会发生这件让她没有任何办法收拾的事情，她开始怪自己太任性了。想到这里，她掩住脸，想哭。当她的第一滴泪在眼眶里打转的时候，她发现郑小尘紧紧拉住了她的手。疼痛和温暖一起到来。

她想甩开，用力，再用力，但是一抬头，她就看到了他长发下传递出的温情的眼神，以及他微微上翘的嘴角浮动的安慰的微笑。

她用勉强的笑，回应他。

她不知道，就是她虚弱的回应，竟让面临着处分的郑小尘觉得此刻自己是这个世界上最幸福的人。

No. 5

"小土猪，你发什么呆呢？该醒醒了，我们都等着你埋单呢！"

郑小尘还在往事里沉迷不知归路，他听到了依在他怀里的桑佩佩的声音。

"对不起，喝得有点醉了。"

郑小尘的脸果然红了。他摇晃了一下脑袋，站起身，下楼去付款。

他的身影在楼梯口一闪，不见了。但很快又再次出现。

"OK？这么快啊！"桑佩佩在沙发上挪动了一下，问道。

"靠，我的钱包不见了——"

郑小尘的目光在桌椅上下仔细搜索。

"你这只粗心的猪！"桑佩佩一边探下头帮忙寻找，一边埋怨。

"算了，别找了——大概是洗脸的时候，忘记在洗漱台上了！"

"哪里的洗漱台？"

"图书馆十五楼啊！"

郑小尘回答得不慌不忙，但桑佩佩的拳头忽然像雨点一样落了下来：

"你怎么没有把脑袋也扔在那里啊！"

时间是生活中的小偷，让我们贫穷，而你是我唯一的珍宝。

世界都空了，你还有我。我们看**星星**，看着自己双双老去。

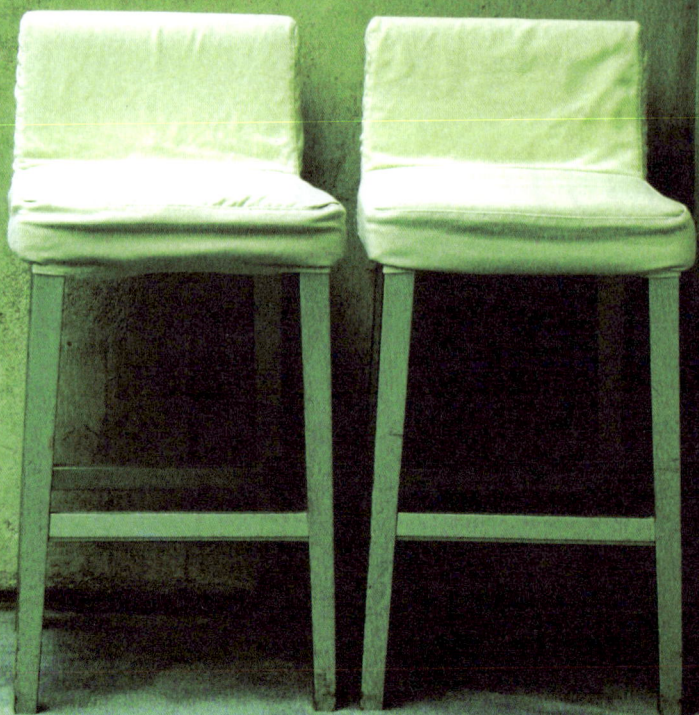

郑小尘躲闪开，远远地对桑佩佩说：

"要扔，也是先把你扔在那里啊！脑袋多重要啊，一切财富和幸福生活的来源。女人才是身外之物呢！"

"好吧——既然是身外之物，那你还不如现在就把我扔掉呢，省得累赘！"

"现在是节约社会，讲究废物利用。你现在全身都是宝，我还舍不得呢！"

"哼！你才是废物呢！一头乌克兰大土猪！"

"好吧，我是，我是！你说什么都正确！——回家再给你颁发证书，现在你去付账吧！"

"我付账？"

"是啊！"

"我没有带钱啊！"

"没有？！"郑小尘开始吼起来了，"你不是特意回去拿钱包了吗!？"

"是啊，我是回去了，但我从钱包里仅仅把'一卡通'拿——了——出——来——啊——"

"你——"

"我怎么了!？"

桑佩佩逼近郑小尘，两双眼睛、两对眉毛、两只鼻子、两张嘴巴，似乎立马就要动手打起来了。

眼看就要大动干戈，孔哲站了起来：

"我来吧！"

"呃？"

"我来埋单！"

孔哲拿起账单，瞥了一眼，心里叫道："不就是一百五十块嘛！小case了！"

"这个——真是不好意思！"

"没关系！改天你们再请我吃饭也不迟啊！"

孔哲朝两人微笑，然后拿起账单就走下旋转楼梯。

橘子郡男孩 *goodbye orange county*

楼梯的拐角摆放着大棵的芭蕉，墙上有几幅不知作者的油画，幽蓝色的灯光打在上面，像在梦中轻轻涉水走过。

孔哲付完账再上楼来，他发现郑小尘和桑佩佩已经和好如初，腻腻地像蜜糖一样黏在一起了。他正想感慨，郑小尘一把将他拉进了沙发里。

"你要干吗！"孔哲尖叫了起来。

郑小尘像怀抱他家里那只 dogdd 一样，抱紧了孔哲说：

"小样儿，今天多亏了你，佩佩说她真想亲你一下呢！"

说完，他便抱住孔哲的头，等待着桑佩佩的嘴唇热辣辣地贴上来。

立刻，孔哲的眼睛里呈现出弥散开的惊恐。他几乎是用尽了吃奶的力气，一边挣扎，一边大叫：

"大爷大妈！饶了我吧，我对'吻'过敏！！"

桑佩佩嘟起嘴巴，像一团乌云一样，就要在孔哲的面庞上空迅速降落。

"哈哈，我来了哦！"

"过敏啊？天下奇闻，今天正好见识一下！哈哈！"

孔哲在郑小尘和桑佩佩妖魔化的笑声中，拼命挣扎，连眼泪都涌出来了。

就在他精疲力竭，几乎要瘫倒的时候，郑小尘的笑声陡然在半空停住。他猛地松开手，孔哲"唰"地掉到了地板上。

当孔哲从地毯上爬起来，他看见郑小尘直挺挺地立在一旁，像一个接受检阅的无知小兵，再等到郑小尘呆呆地叫了一声"院长"，孔哲知道——

"完蛋了！"

郑小尘完全没有预料到院长会在这个地方出现，这可是"一般"小资聚会的地方啊！商学院的院长大人可是够级别、够资本的，五星级的酒店请他还请不来呢！他更没有预料到会是这样一个尴尬的场面，左拥右抱，左牵右扯，左……

那双凌厉的眼睛忽然扫射到这里，四目相对，即便骄傲如此的他在那

一刻手竟然也如痉挛一般，猛地一缩，怀里的男孩像一棵原木滚落在地，而身边的女孩被肘了一下疼得叫了起来。

很久之后，郑小尘还能记起院长的眼神，他说："那仿佛是手里握着菜刀的贫农，遇到了十恶不赦的大地主！"

但郑小尘还是缓缓地站了起来，礼貌地喊道：

"院长好——"

他把声音拖得很长，并且在最后硬生生地添了一个"好"字。

其实，院长并没有看清楚是谁，下楼梯前，他只是习惯性地扫射了一下。被郑小尘这样一叫，他反而停住脚步，定睛一看——

面对着他站起来的，竟然就是"今天"以及"曾经"给他带来大麻烦的零二级学生郑小尘！

"啊——你出现的正好！"院长朝三个年轻人走来，"这样省下了明天请来我办公室坐而论道的时间！"

"我……"

"你的道行，真是越来越高深莫测了啊！"

"今天真是一个意外……"

郑小尘一边说，一边几乎绝望地闭上了眼睛。

他感觉院长身上的杀气一点一点临近了，他甚至能感到风声中有一把锋利的剑向他迎面刺来。

一阵内心的挣扎，他终于决定睁大眼睛，想看已经到达他眉心的剑尖，是如何完成"贫下中农"革掉"十恶不赦大地主"的命的。

但事情出乎意料，他发现暗含怒气走过来的院长竟然半路隐藏了臭脸，忽然像换了一个人似的笑脸相向——他迅速发现院长的笑脸所对的并非自己，而是刚从地上爬起来的孔哲！

"孔哲？"

"唔。"

"咳，真是你啊！"

"你认识我？"孔哲一头雾水。

"你不是孔哲吗？上次我去你家——"

"上次？"

"还能想起吗？——我们不是一直在谈去越南的旅行吗？"

"哦——我想起来了，在我家见过您的！您姓孙？"

"你还记得嘛！小伙子记性不错啊！"

"哈哈，孙叔叔好！"

"哈哈，你也好！上次叫你回到学校就给我打电话啊，我还一直等着呢！"

"哦！最近要考试了，乱成一团了！以后再找孙叔叔吧！"

"好啊，有事尽管来找我！——你怎么会在这里啊？"

"我和好朋友约着一起吃饭呢。"

"好朋友啊？"院长的目光转向郑小尘。

孔哲给郑小尘使了一个眼色，没有迟疑地答道：

"是啊！这两位都是我很好、很好的朋友！这位是——"

孔哲刚要说出郑小尘的名字，便被孙院长打断了：

"你也住在橘子郡？"

"没有啊！我住东区，B4 楼。"

"哈哈，孔副市长真是清廉的父母官啊！榜样！榜样！"

院长的恭维，让孔哲不知道如何回答：

"他啊——就是那个犟脾气！"

"不错！你爸爸人很和气！好久没有见到他了，代我向你爸爸问好！"

"没问题！"

"那好，你们先聊！改天你给我打电话，我们一起吃个饭！"

"好的，谢谢孙叔叔！"

"再见！"

"拜拜！"

郑小尘看到院长的笑脸朝向孔哲，他虽然很惊讶，但心中已经暗喜。听到院长称孔哲的老爸为"孔副市长"，他惊讶得几乎要跳起来。他知道自己毫不费力地抓住了一根救命稻草，再等到孔哲说自己是他的"好朋友"

时,他已经心花怒放了。院长离开时,对他不发一言,当用没有态度的眼神从他的脸上淡淡扫过去的时候,他知道这件事情也许就将这样过去,一切都将回复风平浪静,天空重新万里无云。

院长一走,他和桑佩佩一同向孔哲扑了上去。

抱住孔哲,郑小尘尖叫道:

"哈哈,爱死你了! 你真是人民的大救星! 你真是无敌美少年!"

"我很纯情的! 不要非礼啊!"

无人理会,桑佩佩的吻重重地落在了孔哲的脸上,发出令邻座都回头张望的响声。孔哲的脸瞬间成了一个红得通透的苹果。

走出"季风",夜很蓝。

郑小尘掏出香烟,递给孔哲。点燃,吐出烟雾,然后他用力搂住孔哲的肩膀,贴在他耳边用极其轻的语气说道:

"给我你的号码,明天我请你吃饭。"

然后,孔哲听到他朝正在包里摸索交通卡的桑佩佩大声喊道:

"我们打的送下小哲吧!"

No. 6

第二天一早，孔哲就被郑小尘的电话吵醒。

"我在你楼下，赶快下来！"郑小尘叫道。

"我楼下？你知道我住哪儿？"

"当然啦！"

"你们跟踪我？"

"我没有那么高尚的品德吧！"

"那……"

"大三的男生不都住东区那两栋破楼嘛，我往两楼中间一站，不就是在你楼下嘛！"

"我在奇怪呢，你不也是大三嘛，你不住这边，那住哪儿？"

"橘子郡。"

"对哦，还有橘子郡……"

孔哲爬到窗口，他的目光越过高高的树梢，红色的屋顶，空旷的操场……将视线投注到那座遥远的古铜色的建筑上。显然太远，隔着太多的房屋，太多的烟尘，他只能展开对那里的想象。

其实，他入学前就去那里打探过，可他老爸被领着去那里一转悠，坚

决反对,说了一句很革命的话:

"这种地方玩物丧志!"

老爸都给这个地方定性了,他也就不再强求,收拾了东西,他像任何一个普通学生一样由电脑随机安排,住进东区的大杂院。混迹其中半个学期,同学们看到他老爸前脚刚到后脚就跟来了校领导,才知道和太子党住一个窝。

孔哲简单洗漱了一下,就冲下了楼。

"找我干吗?"

"帮我一个忙,陪我先去图书馆把钱包取回来,然后带你去个好地方!"

"好地方?不会是藏污纳垢之所吧!吾本良家子弟,不要带坏了我!"

郑小尘佯装重重地拍了一下孔哲的后脑勺,叫道:

"都什么人啊!不知道你天天在想什么!"

他们拦住一辆出租车。上了出租车,司机问去哪里,郑小尘说:

"你先去国年路的复旦图书馆,停一下,我们取点东西,然后再往逸仙高架走。"

"你还是没有说去哪里啊!"司机扯着嗓子问。

"你一边走,我一边告诉你吧。"

"你不会绑架勒索吧,我觉得司机师傅心里正盘算着如何报警呢!"

司机一听,咧嘴就笑了:"一看你们就是学生,不管去哪里,不管什么时候,我们都放一百个心!"

"师傅你可不要上他的当啊,他不绑架你,还有可能绑架我啊!或者他就是一个人口贩子,说不定将整辆车都要卖了!"

"哈哈!即使我是贩卖人口的,你这种质量的人口也不好贩卖啊!还不如把自己卖掉弄个好价钱。"

"靠!遇到自恋狂,我只能无语了。"

三人的笑声,一路飘扬。

橘子郡男孩

电梯没开，孔哲气喘吁吁地跑上十五层，看见古籍阅览室的大门紧锁，还没有人这么早就来登高求仙，他才松了一口气。他心想，郑小尘的钱包肯定安然无恙地躺在洗漱台上睡大觉呢。

但当他踱着步子走到洗漱台，找遍了上下左右、前前后后，几乎要将洗漱台掀起来，仍不见钱包半点踪影，他开始慌了。

他给郑小尘发信息说：钱包不见了。

三分钟之后，郑小尘歪歪斜斜地冲了上来，上气不接下气，顺着墙壁，坐倒在地。孔哲将方圆几米之内的地界又找了个遍，还是一无所获。他靠着墙壁一滑，也一屁股坐在了地上。

"怎么会这样啊！"孔哲叹道。

"呵呵，没事。"

郑小尘掏出香烟，递给孔哲一支。他们的腿连在一起，即一个大大的"M"。

"我不要！你小心杜老头！"

孔哲一边说，一边挥掉额头的汗水，他发现上衣都被汗水浸湿了。

"不怕的！他一出现，我就让香烟'飞身跳楼'！"

"你小心把自己也搭上！"

"我是那么白痴的人吗？"

"不白痴怎么会把钱包都丢了呢？"

"不是说了嘛，又一次偶然！我们生活中天天都会出现'偶然'的啊！"

"每天都'偶然'白痴一下，那估计现在你脑子里剩下的只有水了！"

"剩下水好啊，水是生命之源！"

"怕就怕你脑袋里都是工业废水啊！"

"靠！你是魔鬼派来辱骂我的，还是上帝派来帮助我的啊！"

"我当然是上帝的使者！"

"既然是上帝的使者，就该专心做点好事——拜托你那颗'好使又不白痴'的脑袋开始帮我想办法啊！"

"不是在想嘛！我的脑袋从来就不关机！"

"不关机，常死机吧！"

"小子！你的脑袋里进了一群刚从厕所觅食回来的苍蝇吧，要你想正事呢！"

"好吧，正事，正事！"

"真是服了你了！"

"嘻嘻，对不住了——会不会是其他人拿的呢？比如说桑佩佩。"

"哈哈，你是说她监守自盗？"

"当然不是！我是说会不会今天早上……"

"怎么可能！她昨晚回家了，现在大概还躲在被窝里呢。她可舍不得为了一个钱包，浪费一个好梦呢！"

"但你就能确定我们就是今早'前两个'上十五楼来的吗?！"

"这个……"

"等等吧，说不定是杜老头拿走的呢！"

"他？相信我，杜老师人很好，就像爷爷一样！"

"好吧，那等等吧——"

瞌睡忽然袭击了孔哲，他耷拉着脑袋，几乎要睡着了。忽然，他听到郑小尘叫道：

"靠！钱包不会被拾金不昧的老头拿到派出所去交给警察叔叔了吧！要不他怎么还没有来开门！！"

孔哲睁开惺忪的眼睛，看见郑小尘用力将烟头在地上弄灭。

"你以为杜老头是什么人啊！人家可是时尚'小青年'！人家都知道小贝和辣妹，还有他们生下的那两个足球宝贝！"

"啧啧——真是老来春啊！"

"牛叉着呢！"

"哈哈！"

忽然孔哲从地上跳起来，叫道："靠，都忘了出租车还在楼下等着呢！"

"哈哈，我又不是白痴！出租车我早已经打发走了。"

"噢！那你本来接着要去哪里？"

"秘密！"

郑小尘闪着狡黠的眼睛，像两颗星星。

又等了半个小时，还不见杜老头来。

每天八点准时出现的老先生也同时不见了踪影，仿佛他们约好了去月球旅行一样。

孔哲仍旧坐回地上，这次他终于接过了郑小尘递来的香烟。香烟在郑小尘手里燃了一半，火星被风吹着，一点一点地往下掉。

"你家里是做什么的？"孔哲问。

"问这个干吗？"

"商业机密？"

"算是吧，你想知道，先得付费——当然了，孔市长的公子哪敢怠慢，可以打对折哦，哈哈！"

"那算了。不问还不行吗？"

"哈哈，玩笑而已！我爸爸是商人，我妈妈——也是商人。"

"啊，商人世家啊！"

"算是吧。"

"谁更厉害？"

"我妈吧。"

"怎么说？"

"因为我妈是董事长啊，我爸是总经理，他为我妈打工！"

"好厉害！"

"哪有你爸厉害啊——我家一介平民百姓，面朝黄土背朝天，一年到头玩锄头，除了靠勤劳致富，只能给官老爷磕响头！"

"平民？能把儿子送进'橘子郡'的，不是老爸乌纱帽子大，就是老妈钞票底子厚！何况你一家人都是款爷啊！——你看看，抽的是什么啊？大中华！"

"这是佩佩从家里带来的，拿来了就不能浪费，是吧！"

"哈哈，你可以交给我来浪费啊！"

"一看你就不是抽烟的主！你吐烟的样子啊……一分钟就要白白烧掉

我两块多钱！还不如直接给你现金呢！"

"心疼了？心疼了还给你！哈哈！"

孔哲将嘴里的烟雾吐出来，然后将香烟递到了郑小尘面前。

"Who 怕 Who！"

他没有想到郑小尘真的接了过去，将两支烟同时含在了嘴里。

吸纳之间，烟雾缭绕，郑小尘的那张棱角分明的脸，像隐没在云雾里的悬崖峭壁一样，安静而又危险……

"你平时抽什么牌子？"孔哲问。

"骆驼。"

"去过沙漠？"

"这和香烟有什么关系？！"

"联想一下而已！"

"好吧，'没有联想，这个世界将会怎样'！那么就陪你说沙漠吧——只一次，不过是很久以前了。五六岁吧，跟着爸爸去的。"

"我还没有去过呢。"

"对了，下次可以带你去海边！"

"上海虽然离海不近，但总不至于没有见过海吧！"

"不是一般的海。"

"再奇特的也见过，红海，珊瑚海，死海，我都去过了……"

"你肯定没有见过那样的海，下次一定带你去，让你看看什么叫——'海'！"

"好吧！你不是在房间里变魔术就好了！"

"那就说定了！"

两个男孩就这样说着，安静了一会儿，各自沉浸在各自的想象里，又愉快地谈起什么，时间便到了上午九点了。

直到这个时候，才有打扫卫生的阿姨从电梯里走出来，看到地上坐着两个人，惊出了一身冷汗：

"哦，吓着我了！"

孔哲在阅览室门口见过她好几次，也算认识。所以他站起来，很礼貌地叫了一声："阿姨好！"

"你好！" 阿姨微微一笑，就握住扫把漫不经心地扫了起来。

孔哲又问："阿姨，你有没有看到洗漱台上有件东西啊？"

"没有。"

"那今天早些时候你有来打扫过吗？"

"没有。"

她的语气平淡，就像扫把上空那平静不惊、仿佛没有睡醒的灰尘一样。

两个男孩不再问，垂头丧气地趴在窗口，往楼下看。街上，走着稀稀落落的人群，太阳慢慢抬升，它的光芒使两个男孩的眼睛眯成了一条细线。

"你们不怕呛着吗？！"

扫了一半，灰尘到处扬起的时候，阿姨似乎才真正意识到了郑小尘和孔哲的存在。

"等这里开门呢。"孔哲答道。

"今天这里不开了。"

"杜老师请假了吗？"

"你不知道吗？杜老师刚在楼下心脏病犯了！"

"怎么样了？送医院了吗？"

"还在楼下等着医院的救护车呢！"

孔哲看了郑小尘一眼，立刻冲向电梯口。电梯还早，郑小尘叫了一声"来这边吧"，已经抢先冲下了楼梯通道。

馆长刚接到前台的电话，说古籍阅览室的管理员杜老师忽然在大厅里昏倒，不省人事。他匆忙锁上办公室的门，刚走到电梯口，就听到旁边的楼梯间里传来"咚咚咚"的巨大响声。

他推开那扇笨重的弹簧木门，刚探出脑袋想看看发生了什么事情，一个身影就已经重重地撞到了他的身上。

他往前踉跄一下，顺着楼梯就滚了下去。

No. 7

馆长是和杜老头一起被抬上救护车的。

他的小腿骨折，下巴和眉角都严重擦伤，一片血肉模糊。眼镜也不知道掉到哪里去了，估计已经碎成了若干块，还有一些变成了小碎片钻进他的伤口里。但这些似乎根本无法阻止他在被抬上救护车的一刹那，试图爬起来做点什么，护士很快将他按住了。

馆长狠狠地瞪了一下站在人群最前面的郑小尘。郑小尘赶快避过他的目光，不巧他看到馆长的手伸进了口袋里，但显然颠簸的担架弄痛了他，他痛得叫了起来，掏出一半的手机又滑进了口袋。

"啊——"

站在郑小尘旁边的孔哲怀疑馆长这次要拨叫的不是院长，也不是校长，而是全副武装的"110"！但这毕竟和"110"扯不上关系，而且日理万机的警察叔叔们，估计也没有时间在职责之外，去听等待翻身得解放的贫苦大众向他们的救星述说地主老财的罪恶。

孔哲笑了。这和郑小尘那张严重缩水的脸形成鲜明对比。

"接下来，我们去哪里？"孔哲问。

橘子郡男孩

"和我一起回步岚街吧！"

"橘子郡？"

"嗯，橘子郡。"

"不去那个神秘的地方了？"

"不去了。"

穿过草地和田径场的边缘，还有一条长长的林阴道，再往南走二十米，才会走到步岚街。站在步岚街鲜有车流的街口，远远地就可以看到一片郁郁葱葱的橘树林。密密的橘树林中间又辟出一条石子小路，小路尽头就是灰墙红瓦的橘子郡公寓。

"看起来好远啊，几乎达到了我步行的极限，可走过来，似乎并不远。"

"一路上风景也不错，不是吗？！"

"不是不错，是复旦的风景都被你们占尽了！"

"那你还待在东区干吗？赶快杀过来呗！"

"哈哈，我本想申请来这边住的，可惜被我爸'一票否决'啦！"

"现在还可以申请啊！"

"现在？"

"每个学期末都可以申请的，因为每到这个时候都有些人退宿。"

"呵呵，我倒是想啊，估计我爸还是会反对。"

"你可以偷偷申请，神不知，鬼不觉……"

"算了吧，怕到时候别人不说，我自己都会主动爆料啊！"

"那你真是听话得没救了！哎，说的也是，谁叫你生来根正苗红、枝繁叶茂呢！"

"哈哈，对啊，我家绝对贫农出身，勤劳持家，诚实立命！"

"哈哈！"

说着说着，两个男孩已经来到了橘子郡的门口。

空气里飘散着淡淡的橘叶香味，有点风，晃动的树影，仿佛落进泥土里的碎花。孔哲抬起头，有几只灰羽毛的鸟穿过屋檐上方的蓝色天空。

孔哲的心又一次动摇了，他在心里对自己说：

"这里真是不错啊！"

郑小尘的房间在三楼最左边。

推开厚重的木门，对面就是窗，可以看到几棵高大橘树的绿色尖顶。

窗户边，窗台下沿放置着 CD 架，铁质，冷峻的黑色。花花绿绿的 CD 整齐地插进去，如凌乱不堪的油彩。地毯上，几本时尚杂志随意扔着。孔哲看到了最新一期《MEN'S UNO》，心想"又一个超级肉艺男"，偷偷笑了。

视线，随脚步右移。三座书架倚墙而立，自左而右，由高到矮。最高的有六层，四层插满了各种时尚杂志，露出光怪陆离的书脊，下面的一层平放着最新的时尚杂志，另一层零散着 MP4、照相机和 DV 机。

中间书架的顶上放着各式各样的"哆啦 A 梦"：招手的，作拥抱状的，做成储钱罐的，做成闹钟的，还有一个只剩下圆乎乎的脑袋。最上一层放书，书不多，歪歪斜斜。一两本村上春树，一两本卡夫卡，还有孔哲也一直喜欢的岩井俊二。往下是大大小小的香水瓶，或幽蓝，或墨绿，让人心境清凉。再往下杂乱地搁着一些小物件。在它们的中间，孔哲看到了一张照片：郑小尘俏皮地抬头望天，而桑佩佩怒目狰狞地掐住郑小尘的耳朵，像一只凶恶的大花猫捉住一只可怜的小老鼠。

最矮的书架上，仍旧摆满了书，但书架顶上的一盆青松吸引了孔哲全部的目光。他实在很喜欢在书旁边摆上一盆顽强的绿色植物，少浇水，少施肥，不要阳光，不要月光，它仍长得信心满满的样子。人也希望自己像那些倔强的植物，安于风雨，安于贫困，可生活总逼迫他们作出选择，要么躲进房间里，要么就这样悄无声息地没于泥尘。

想得太多了，孔哲听到轻轻的叹息溢出自己的身体。

然后看到右边还有一扇窗，窗下就是床。枕头，被子，床单，散落三两本书。素雅的白色和蓝色。

孔哲看到床右边的墙上钉着一块长方形的白色墙布，墙布上钉着一件折叠好的、还挂着价格标签的黑条纹绿底衬衣，明黄色的领带在胸口交叠，领带上印有黑色的菲尔·卡斯特罗的画像。

"你的偶像？"

"不，我的敌人！"

"啊！你和老美同一个战壕？"

"怎么会！"

"那为什么人家是世界的偶像，却成了你的敌人？"

"因为他太牛了啊！要超过他太难、太难了，所以——我恨他！哈哈！"

"搞笑，又一个因爱生恨的好例子。"

"你放心，总有一天，我要让他彻底恨上我的！"

"哈哈，真有志气！我期待着那一天！不过，我担心伟大的卡斯特罗同志等不到那天了吧！"

"不会的，有我在天天向上苍祈祷，保佑他长命百岁呢！"

"哈哈，好吧——我也帮你祈祷一把。你最好保佑他能活一千岁，否则我估计你只能等他的灵童转世继续来较量了！"

"哈哈！等着瞧！"

墙布往右，挂着一把吉他。伤痕累累，坑坑洼洼，断了弦，碰坏了漆，不是被摔过，就是被人砸过。但此刻却像一件非凡的艺术品挂在墙上，也悬挂在孔哲目光的中央。破坏，同时创造着另外一种完美。

"这把吉他……是你自己砸坏的吧？"

郑小尘笑而不答。

孔哲转身想调侃一下，发现郑小尘已经脱掉鞋子跳上了床。

"原来你还是艺术'愤青'呢！"

"我只崇尚逍遥！"

"假'愤青'？"

"我不玩虚的，真就是真，假就是假！"

"那文艺青年总算吧！"

"刚摆脱'愤青'，怎么那么快又和'文艺青年'这么高尚的称号挂在一起了呢！？"

孔哲指了指那件绿衬衣,说:

"它。"

"它?"

孔哲点点头。

"哈哈,又不是我制造的,我连裁缝都算不上!是在广州的小摊上看到,觉得搭在一起很好看,就买来玩啦!还不辞辛苦地从广州带到了香港,再从香港带到了柬埔寨,再从柬埔寨带到了泰国,再从泰国带回了上海!"

"你真是好人哪,顺便带'革命领袖'免费旅游了好大一圈哦!"

"靠,那当然!聪明人做不了,好人总得留给我做吧!"

"哈哈!"

孔哲忽然被放在床头的一件东西吸引住了:绳手链。棕色的编绳,缀着一颗绿松石,朴素中掩饰不住一丝华丽。

他刚伸手去拿手链,发现整个房间忽然沉寂了下来,可以听到地板吱呀吱呀地响动。

声音从楼道的那一头传来,越来越近。郑小尘看看孔哲,并不说话,但他的眼睛滴溜溜地左右转动着。

"怎么了?"孔哲问。

"嘘……"郑小尘将食指置于两唇中间,示意他不要说话。

经过一阵仿佛面临敌情的紧张,郑小尘示意孔哲也爬到床上来。

他指了指木地板,意思大概是踩在上面,稍微一动就会弄出响声,以防万一,还是来一个万全之策。

孔哲脱掉鞋子,攀爬,攀爬,像一只走出母亲怀抱的小猫一样,乖乖地蜷缩在床上。

隔壁的门打开了,两个人走了进去,脚步声立刻消失。接着,就听到了两个身体倒在了床上。

辗转反复。

轻微的呻吟声像蚊子一样在耳廓里飞来飞去。

忽然,声音停住,一个人爬下了床,接着打开门。很重的拖鞋声在郑小尘的门外响起,继而郑小尘房间的门就被轻轻地敲响了。

"小尘,小尘,你在吗?"敲门人喊道。

孔哲扭头去看郑小尘。郑小尘抱着枕头,盯着手机。孔哲推推他,他无动于衷。

"不应吗?他不会是来向你借套套的吧?"

孔哲贴紧郑小尘的耳朵,差点没把口水全部灌进去。

"他抽屉里的套套足够让他用上一辈子!……足够绕地球一圈啦!"郑小尘同样是耳语。

"那……"

"小尘,小尘,你在吗?"敲门的声音越来越响。

"他好急了!——迫不及待!哈哈!"

"嘘……"

终于,来人没有听到回音,趿拉着拖鞋走了。

关上门,旁边房间里的声音开始像不断上涨的潮水,不断猛烈地冲击着堤岸,弄得耳膜痒痒的,天边的海鸥漫天飞舞。

"哈哈,知道他为什么敲门了吧!"

郑小尘仍趴在床上,对孔哲诡异一笑,几根手指在手机键上戳来戳去。

"这么搞笑啊!"

"我习以为常了。"

"你同学?"

听到孔哲这样问,郑小尘扔掉手机,慢慢翻转身来,凑近孔哲涨红的脸,更诡异地笑了,轻声反问道:

"你不是认识苏窈窈吗?"

"苏——窈窈!!"

"哈哈!"

"天哪!!"

当孔哲将苏窈窈和隔壁此时正在巫山云雨中的女生联系起来的时候,他觉得整个世界都爆炸了!

No. 8

孔哲惊讶得差点要从床上跳起来,幸好郑小尘用力地摁住了他。

"靠——你不想活了吗?"

"哦,对不起……"

两人竖起耳朵,仔细分辨,隔壁的声音并没有因为他们的出声而中断下来,他们终于放心地重新躺了下来,朝着天花板长长地吁了一口气。

就在这口气还没有完全吁完的时候,房间里不知道什么地方又发出了手机铃声,像鸡群里忽然钻进了一只恶狼!

"Damned!"

郑小尘像一条发现猎物的大眼镜蛇一样,扑了过去,迅速将手机攥到手里,揿掉。

铃声只响了两秒钟,但隔壁的声音似乎忽然停了下来,吓得两人抱紧枕头,大气都不敢出。一阵狐疑和等待之后,隔壁的声音重新响起。

郑小尘这次终于放心了,他慢慢翻转身,看到孔哲竟然还在竖着耳朵,盯着传来声音的那堵墙。他想笑,接着还想调侃,"靠,你不会还是处男吧?怎么对这种声音还如痴如醉?"但是在这种紧急时刻,他还是忍住了。

郑小尘拍拍孔哲的肩膀，指了指手腕上的"SWATCH"，脸上的表情大概是说："靠，都这么久了，竟然还没有结束啊！"

孔哲心想："靠，郑小尘，你真是一只穿着羊皮的狼啊！"

但他怎么敢说出来！他只是像一只蜗牛一般慢慢靠近郑小尘，在他耳边，一字一顿地吐出了一个满是气泡的疑问：

"真——的——是——苏——？"

他的问题还没问完，郑小尘已经推开他，仰起头，朝着天花板吐出缕缕烟雾。不知道什么时候郑小尘的手上多了一支香烟，微弱的火光，闪灭。

孔哲像一头被击倒的熊，完全趴在床上，不动了。

郑小尘翻转身，凑近他的耳朵："你不会追过她吧？"

"怎么可能？！我可是纯情少男呢！"

"处男？——你果然是处男啊！哈哈！"

郑小尘掩住嘴巴，脸都笑得扭曲了。

"靠，谁说我是处男了？"

"还不是？！'处男'两个字就在你的脑门上写着呢！"

孔哲拿起枕头猛地压住了他的头，郑小尘的手在空中乱舞一气，过了一会儿缓缓地掉了下来。郑小尘装作没有气了。孔哲拿开枕头，郑小尘闭着眼睛，安详的样子像个熟睡的孩子，陶瓷般的脸上没有一点瑕疵。风钻进来，他长长的头发轻轻飘动。

孔哲笑笑。他想到了前几年流行的F4，那几个所谓的"花样男"离开了屏幕走入现实生活，此刻在干吗呢？是不是就像眼前的这个橘子郡男孩一样，将自己的生活弄得像偶像剧一样呢？

就在他神思游走的空当，手机铃声再度响起！

郑小尘猛地睁开眼睛，惊慌失措地到处去找手机。

好不容易找到手机，但他奇怪，在桑佩佩给他拨了那一下之后，他就已经关机了，而此刻铃声居然还在不停地响！

这样的声音对郑小尘来说，就像丧钟一样，让他感觉瞬间就接近了死亡。

郑小尘将目光锁定在孔哲身上的时候，孔哲才意识到是自己的手机在响！

他吓坏了，手忽然不听使唤起来，半天才把那个小玩意儿从牛仔裤兜里掏出来。一看，是老爸！

他无可奈何地将手机递到郑小尘的面前：对不起，我不得不接了！

就在孔哲接听的时候，郑小尘听到隔壁的人已经停止了运动，接着似乎有人走下床来，拖鞋的声音开始贴着地面响起。

郑小尘绝望地用双手摩挲着脸，然后猛地将一头长发往后掀起。飘扬的长发之下，孔哲看到郑小尘的眼睛像被吹灭的蜡烛在最后扑闪时的那点绝望的火星。

拖鞋声传到了门外，继而听到门被嘭嘭地敲响。

郑小尘光脚爬下床，不知所措，听到门外响起一个男孩的声音：

"小尘，你在吗？"

郑小尘返回来，穿鞋，去开门前他又迟疑了一下，他看了孔哲一眼，然后立刻冲过去在他的头发上扫了扫，然后将床单拉了拉。

迅速环顾房间，似乎一切都没有什么异样了，他才拉开门，一个脑袋伸了进来。

"靠，你在啊？我还以为你不在呢！"

"哦，我刚才在睡觉……"

郑小尘佯装伸了伸懒腰，试图伸开双手挡住来人侵入的目光。

"靠，都什么时候了，还睡呢！"

"今天……今天累着了……"

"忙什么？"

"忙东——忙西——总之，是瞎忙呢！"

郑小尘支支吾吾，正不知道如何应答的时候，孔哲的通话结束了。他转过身来，与来人的目光一对视，脸刷地就红了。

橘子郡男孩

郑小尘把门拉得更开一些，垂下双手，让男孩进来，然后面对着孔哲，甩甩手，尴尬地对来人说：

"我朋友。"

来人不怀好意地笑笑，反问道：

"你朋友？"

"……也是佩佩的朋友！"

来人狐疑，与两人目光短短对接了一下，然后拍了拍郑小尘的肩膀，表情淡淡地说道：

"我刚才来敲过你的门……"

"啊！是吗？……没有听到……我们刚才睡着了……"

"哈哈，没有关系！"

来人语气听似很轻松，但他与郑小尘擦身而过的时候，凑近他，几乎咬住他的耳朵，诡异地说道：

"小子，你不会好这一口吧！"

来人加重"好"字的音调，还侧过身体，暗暗地做了一个两个大拇指碰在一起的手势！

郑小尘一听就急了，大声对那个男孩叫道：

"靠！你把我想成什么人了！"

来人并不猴急，只是再次轻轻拍拍郑小尘的肩膀，语气仍然云淡风清：

"好吧！但我想告诉你——刚才敲门的，是苏——窈——窈——她找你！"

听到"苏窈窈"，两个人都心头一惊！

孔哲惊的是那个女孩果然是"苏窈窈"！郑小尘惊的是"她找我干吗？难道我又惹上了她什么事情吗"？

男孩补充道："她一会儿过来找你！"

然后，郑小尘和孔哲看见房间的门被那个男孩有意地、轻轻地、慢慢地关上……

光线一下就黯淡下来了，但孔哲似乎仍能看到厚重的墙壁背后那个人脸上浮动的诡异的甚至有点恶毒的表情。

隔壁的房间开始爆发放肆的笑，而这边安静得像一个被抽空了的盒子。

孔哲看看郑小尘，心里的懊悔比尴尬来得更快。

他开始后悔为什么自己会来这个地方？自己今天不是和同学约好一早去江湾湿地吗？刚才自己不是还在图书馆吗？然后看到馆长像球一样滚下去，然后……他的世界里出现了这个叫"橘子郡"的地方……

对啊！我为什么会出现在这里，而不是其他地方呢？

他"呼"地站起来，对郑小尘说："对不起，我该走了！"

郑小尘并不阻拦他，只是笑笑说："本来……要请你吃午饭的！"

"改天吧！我忽然想起还有一件重要的事情呢！"

"好吧，那改天。"

"拜拜。"

"拜拜。"

郑小尘送孔哲出来，孔哲向他招了招手，头也不回地走了。他听到郑小尘在他身后叫道：

"等等——"

但是，他觉得有股力量在他身体里迫不及待地推动着他赶快离开。他没有回头，并且加快了脚步，迅速穿过楼道，消失在追出来的郑小尘的视线里。

No. 9

迫不及待逃出来的孔哲在"橘子郡"门口和一个人撞了个满怀,那人手里提的水果哗啦散落了一地:橘子和柠檬——鲜艳的橙和青。

孔哲停下来,很不好意思正要说"对不起",他惊讶地发现被撞的不是别人,竟然是——

"桑佩佩!"他叫了起来。

穿着绿裙子、乳白色吊带紧身小背心的桑佩佩正蹲在地上,"哎哟哎哟"地叫唤着,脸上露出痛苦无比的神情。

一看是孔哲,她像一只大青蛙,立刻从地上跳了起来。

"哎!早知道是你——占不到便宜——就没必要装痛了!哎,装得甚是辛苦啊!"

"你没事吧?"

桑佩佩轻松的表情并没有给孔哲带来多少安慰,他还是担心,因为他发现自己都被撞疼了,胸口有些隐隐作痛。

"没事!"桑佩佩拍拍身上的泥土,头高高扬起,高傲得像一只头顶皇冠的小母鸡。

我怕**想不起你**的名字，

我怕忘记**曾经**的自己。

有点风，晃动的树影，仿佛落进泥土里的碎花

"没事就好！"孔哲说完就要走。

但他的衣领立刻就被一把抓住，他扭过头，桑佩佩脸上的表情已经从小母鸡的傲慢变成了母老虎的惊悚。

"没事，是我的衣服没事！但我有说我的腿没事吗？你看看，你看看，我的腿都肿了这么一大块，说不定是骨折了呢！"

桑佩佩把裙子往上掀起一点，"嗷嗷"地叫了起来，可是她那条玉腿上，除了细皮嫩肉之外，哪里有红肿的痕迹啊！

"没有事情嘛！——挺完美无瑕的腿啊！"

孔哲知道桑佩佩是在和自己演戏，眼睛瞥了一下，就又要走。

"难道我的腿它断了会首先通知你，而不通知我！？"

"它觉得我比你重要，也说不定啊！"孔哲调侃道，"谁叫我是帅哥呢！"

"我的腿可乖呢！它早就给我打过电话了，它说它不喜欢帅哥，只喜欢超级丑男，否则它也不会……"

桑佩佩见到有人经过，又蹲回地上，抓住孔哲的裤子，"哎哟哎哟"地叫起来。路人的目光莫名闪烁，弄得孔哲一脸尴尬，不知所措。

"你到底想怎么样？你再闹，别人还以为我把你弄得怀孕了呢！"

"怀孕？我有这个胆，还怕你没有那个能力呢！"

桑佩佩又吭哧吭哧地站了起来，双手叉腰，一副要开战的样子。

"我送你去医院？"

"医院？我才不要你送我去呢，要去，也要我们家小尘送我去！哼！"

"好吧，好吧，我知道帅哥是止痛剂。那我们就沙友娜啦啦好吧！"

"走？你敢！？"

"你不是有你们家小尘了吗？那我就不打扰了！"

几个回合下来，孔哲终于知道桑佩佩是个难缠的主儿，他本想先看她耍什么花招，然后再见招拆招，不过现在他开始后悔没有早点溜之大吉。

他正想着，桑佩佩又"哎哟哎哟"地叫了起来，这次声音更大，更响亮，好像要把整栋楼里的人都要召唤出来似的。

橘子郡男孩

"姑奶奶！"孔哲急了，"你到底要怎么样啊！？"

"嘻嘻，你说呢？"

"你不会……"

"靠，你的想象力真丰富啊，谁有你那么 YD 啊！"

"那你到底要干吗？"

"我要你——背我上去！"

桑佩佩往三楼那个向阳的窗口一指，孔哲快要晕倒了。

在金灿灿的阳光下，他努力抬起头，仿佛看到整座"橘子郡"像五指山一样向他的身上压过来。他好想大声叫道：

"错了，错了——我不是孙悟空啊！"

准备洗澡的郑小尘在脱掉内裤之前，听到了敲门声。他不得不重新套上牛仔裤，赤着脚，跌跌撞撞地去开门。

开门一看，竟然是桑佩佩，而背着她的竟然是刚才莫名其妙走掉的孔哲！

"好家伙！你们俩怎么碰在一起了？"

"他刚在楼门口将我撞成'重伤'了，所以我给了他一个将功赎罪的机会！"

桑佩佩"忍住剧痛"，一边指挥着孔哲将她背进房间，放在床上，一边"声色俱厉"地叫道：

"老实交代！你刚才为什么魂不守舍？害得我……"

"怎么了？伤着哪里了？"郑小尘问。

有了郑小尘这个靠山，桑佩佩更加"猖狂"了，她几乎是一边说，一边揪起了孔哲的耳朵。孔哲侧着头，差点没叫她"姑奶奶"了。

"没有啊！我有急事啊！"

"急事？难道这个世界上有比关心女性、照顾女性、尊重女性更重要的'急事'吗？"

"当然！难道你不觉得我们这些'光棍'更需要关心吗？"

"没有'女性'的幸福,哪会有'光棍'的幸福啊!请分清一下主次好不好!"

"是啊,为了你们上天堂,我们只能下地狱!所以呢,我说,天堂里的女性同胞们,你们要厚道,要知足,要懂得珍惜幸福的可贵!"

桑佩佩听到话题忽然对自己不利,立刻端出"一锅迷魂汤":

"啊啊……呜呜……好痛啊!"

还没有听出是什么精彩唱段,她的话锋一转,大声问道:

"对啊,还没有问你呢,你怎么会到橘子郡来呢!?"

被桑佩佩这么一问,孔哲呆了一下。"我"字在嘴边滑了好几圈以后,他偷偷地看了郑小尘一眼,看到郑小尘无动于衷,只是哈哈地笑。孔哲最终还是决定多一事不如少一事的好,说:

"哦,我来看同学啊!"

"看同学?"

"难道我来看同学都需要经过你的批准吗?"

"当然,我是你的女王!"

虽然认识孔哲没有几天,但是桑佩佩已经在孔哲面前变得毫无顾忌了,有时她想到这里,都觉得奇怪。最后,她只能将之归结为:哈哈,谁叫我是人见人爱的复旦小公主佩佩呢!

正在这个时候,隔壁的门开了。仿佛只裂开一道缝,一个声音钻出来,轻柔地在楼道里响起:

"佩佩,佩佩,佩佩……"

"苏窈窈!哈哈,她在啊!"桑佩佩惊叫道,"小哲!……难道你来看的人是她!"

"谁?"

"窈窈!"

孔哲立刻就要疯了,他大声叫道:"怎么可能?"

桑佩佩并不理会孔哲脸上尴尬的神色,她诡异的眼神,像一股黑色的妖气在房间里上蹿下跳。

橘子郡男孩

"那我就不知道了……这个嘛……"她从床上站起来，忽然转身叫道，"……就叫欲盖弥彰！"

孔哲正要反驳什么，就闻到一股香气飘然已至门口。

"啊，亲爱的！"

桑佩佩快步迎了上去，扭动的身姿和夸张的神情活像是当年百乐门红极一时的交际花见到了另一朵花。但当她发现自己装痛的事情在两个男生面前完全败露了以后，忽然停住，身体一斜，"哎哟"一声歪倒在苏窈窈怀里。

郑小尘跑过去，将装作异常痛苦的桑佩佩搀扶住，就听到了声音尖细的苏窈窈的惊叫：

"孔哲！"

在书架边装作翻翻拣拣、脸上却是一片潮红的孔哲转过身来，故意露出惊讶的神色，说：

"窈窈！"

"你怎么会在这里啊？"

"啊，好久不见啊！"

"好久？不是吧……"

桑佩佩听到苏窈窈这样说，几乎开心地要跳起来，她忽然觉得一桩"桃色新闻"的幕后一角，就要被她彻底掀起来了。

"小哲，看看——被揭穿了吧，你果然是来看窈窈的！"

"我说不是，就不是啦！"

孔哲想到刚才偷听的事如果被苏窈窈知道了，估计自己现在就不是在"房间里"叫喊，而是在"刑场上"叫喊了。

大概没有人知道，苏窈窈的父母和孔哲的父母是同事，他们以前就住在同一栋楼里，他的童年几乎有一半时间花费在和这个女孩的玩耍上。如果非要在他的生活中找出一个所谓"青梅竹马"的人来，孔哲想他的 A、B、C、D 四个选项估计都是"苏窈窈"。高一时，孔哲一家搬走了，不想上了大学，他们又很巧地到了同一所大学的同一个学院里。那时候苏窈窈身边一下子就多了好多男生，帅气的或者富贵的，孔哲很知趣地远远地看着这个自己很熟悉的女孩在一点一点地变得陌生，但他绝没有想到在某一天的中午她会忽然变成别人床上的女郎，而自己就在一墙之隔的房间，静听风雨如晦。

长得极像章子怡的苏窈窈，听着他们莫名其妙地唇枪舌箭、剑拔弩张，自顾悠闲地坐在床边，不经意地侍弄着长长的头发。一会儿，她走到窗口，窗外挂果的橘子树吸引了她的目光。

"过段时间有橘子吃了！"她说。

郑小尘递过来一支香烟，她笑笑，摆摆手，又指了指隔壁，小声说道："不能让顾子奇看见了！"

她刚说完，叫顾子奇的男孩就像一缕青烟一样出现在门口。

"今天可怪了，为什么大家的出现就跟鬼一样，都是从半空中闪出来的？"

看到顾子奇的出现，桑佩佩停止了与孔哲的争吵，但她并没有用迎接苏窈窈那样的热情去迎接顾子奇，看得出来她并不喜欢他。

"说谁像鬼呢？"顾子奇倚着门问道，"好热闹啊！有什么好事吗？"

孔哲看到那个叫顾子奇的男孩的出现，心里开始忐忑起来，几乎不敢直面他那凌厉的目光，他弯下腰，去捡散落在地毯上的杂志。

"你不是要走了嘛，大概上天是要我们聚在一起为你送行！"

郑小尘说这话的时候，感到桑佩佩在他背后狠狠地掐了一把，但他还是努力保持着从容的微笑，并顺势紧紧地将桑佩佩搂在了怀里，然后说：

"佩佩，不是吗！"

桑佩佩马上挤出一脸的笑容："是啊！中午一起吃饭吧！"

对郑小尘和桑佩佩的动议，苏窈窈并不急于回应，但她也不愿意冷落了与自己青梅竹马而且是贵为副市长公子的孔哲，她跳到孔哲身边，向顾子奇介绍道：

"子奇，这就是我常给你说起的孔哲！"

橘子郡男孩

"哦，你就是孔哲啊！真没想到啊……"

顾子奇把那个"你"字说得很重，同时露出诡异的笑，这让孔哲更加尴尬，也更加不知所措，他不等顾子奇说完，就面向大家说：

"我一会儿还有重要的事情，你们一起吃吧——改天再聚。"

说完，他就往外走。

"小哲……"是郑小尘叫他。

"一起吃吧！有事可以缓缓再办嘛！"

孔哲看到了郑小尘眼睛里请求的神色，然后他的手臂立刻被跑跳过来的桑佩佩拉住了。

"傻瓜！你知道我为什么要缠住你，并拉你上来吗？我又不是花痴！都是为了请你吃饭啊！你帮了我们那么大的忙，总得给我们一个表现的机会啊！"

"是啊，她都和我在短信里密谋了好久啦！"郑小尘说，"能让桑格格挂在心上的人，真的屈指可数啊！"

"靠，这么说你在吃醋喽？"

"我哪里敢啊，何况吃醋也是轮到别人才对吧！"

郑小尘冲到桑佩佩面前，从后面紧紧地抱住她，两张脸瞬间就像黏在一起的蜂蜜了。

听桑佩佩和郑小尘这么一说，孔哲开始犹豫。郑小尘一看到他犹豫，就放开桑佩佩，满床去找钱包。

"孔少爷，我可是诚心诚意噢！"

"我知道！可是……"

"可是什么啊，难道怕没有美女陪同就会丢脸？如果我算不上美女的话，不是还有我们超级靓丽青春的窈窈嘛！"

"不是这个意思……"

正在犹豫之中，他的另外一只手臂被苏窈窈擒住了。

孔哲再回头去已看郑小尘和顾子奇。

郑小尘不知何时已在红白相间的T恤上，松松地套上了一件黑色的

休闲西装,而顾子奇接过郑小尘递过来的香烟,正旁若无人地将烟雾喷向中指上那枚光芒闪烁的戒指。

　　也许是为了避免再次遇到院长，郑小尘和桑佩佩这次选的餐馆远离复旦大学那座高耸入云的双子楼。

　　出租车意外地在高架路上像风一样畅通无阻。桑佩佩和苏窈窈打打闹闹，间或说些私密的事情，放肆的笑声几乎要将车顶掀起。

　　坐在前排的顾子奇戴着墨镜。后视镜里，他看到另一辆蓝色的出租车正紧跟着他们，那辆车里坐着郑小尘和孔哲。

　　孔哲本想一个人坐一辆出租车，可是郑小尘不同意："我和你坐一辆吧，如果你跟丢了找不到怎么办！"

　　孔哲被郑小尘推进出租车的时候，他看了一眼桑佩佩，他希望桑佩佩和他们一起坐这辆车，不过那时候桑佩佩正沉迷于和苏窈窈的私房话，根本没有在意孔哲急切的眼神。

　　在车上，孔哲终于忍不住说道：

　　"这样一来顾子奇估计会更误会我们了吧？"

　　"误会什么？"

　　"两个男生躲在房间里不说话，敲门不应，还说'刚才在睡觉'——难道你不怕他有什么误会吗？"

"他怎么会这样想呢？"

"他这样想也符合普通人的逻辑啊！"

"不会的，顶多他会觉得我的人品不好，竟然偷听，而且还带来一个听众。更要命的是这个听众是女主角的老朋友或者老……相好！"

"老相好？"孔哲惊叫道，"怎么可能!？"

"你第一次提到苏窈窈的时候，脸上的神情就让我知道你和她关系非同寻常，刚才苏窈窈把你介绍给顾子奇的时候，你脸上的神情再次让我确认你曾经和苏窈窈有过那么一点小秘密。"

郑小尘说这话的时候，神情仿佛一个无比聪明又无比自信的侦探，而他眼里的孔哲就是一个被他惊人的推理能力吓瘫了的罪犯。

"你激将我？"

"没有，我只是在'掀起盖头来'吧！"

"哎，既然沉默会越抹越黑，那么我不如说清楚好了！"

"好啊，坦白总是欢迎的！"

"其实，没有什么好坦白的——我家和苏窈窈家曾经在同一幢楼里，我们是中学同班同学，也是很好的朋友。到了复旦，虽然都在法学院，但不在一个班。而且，她是校花级的人物，那么一堆人围着她转，见面的机会少得可怜！你看，她有了男朋友我都不知道，更不要说我会和她发生一段惊天动地的爱情了！"

"那是曾经有过吧，或者'柏拉图'？"

"没有！"

"真的吗？"

"……"

孔哲对郑小尘的怀疑已经无计可施了，他只能皱着眉头，沉默不语。郑小尘大概也觉得自己有点过分了，摇下车窗玻璃，让风将刚才的不快都吹散。

就在这个时候，他们看到顾子奇从车里探出头来，往这边回望。

橘子郡男孩

"他想干什么？"

"没什么。你放心！他不会那么八卦的。"

郑小尘将手伸出窗外，也向顾子奇轻轻地挥了一下。

"他家是做什么的？能住进橘子郡的人不是都不简单吗？"孔哲问。

"他爸是做物流的。南海集团，你听说过吗？董事长或者什么副的，具体不清楚。他这人是有点不容易接近，喜欢藏一些事情在心里。"

"哦。他要出国？去哪？"

"英国。"

"那里可是贵族的'养殖场'！"

"哈哈，你恨不得人家就是一头猪吧！"

"哪里啊，我很厚道的！"

"你？有待用纳米尺子来测量你的厚度！"

"那苏窈窈怎么办？"

"我不知道，你该自己去问她？或者，你应该问，顾子奇走了后，你是否还有机会！"

"哈哈，郑小尘，你太小看我了吧，本人虽非帅得出油，但也并非无人问津！"

"哈哈，那倒是——不过你不觉得你有历史使命将苏窈窈拯救出火海吗？"

郑小尘微笑着说"火海"的时候，嘴角微微上翘，眼神异常诡异，孔哲听出里面暗藏着的意思，正要说什么，前面的出租车已经靠在路边停了下来。

在古北的一个白色的大厦里，有家叫"云邸"的餐厅，名字具有中国传统的诗意，做的却是西餐。孔哲早就听说过这个地方，名气很大，味道也好，但价格当然不会便宜。这种地方孔哲一般是不会不请自来的，除非像郑小尘这样将他"绑"来。

"的确是被绑来的啊！"在电梯里，他暗自叫道，"不过，这群'绑架者'还算人道，还是原谅他们好了，哈哈。"

他摸摸手腕，仿佛绑架确有其事。确认没有任何绳索勒过的痕迹之后，他笑了，电梯门也"刷"地一声闪开。

就在电梯门打开的一瞬间，孔哲竟然看到他老爸就站在电梯口！

他绝没有想到会在这里遇到老爸，一惊，心脏都要跳出来了。他赶紧将脸偏向一旁，吐着舌头，想快步开溜。

孔哲想侧身闪出去，但他老爸竟然发现了他，在他身后大声叫他的名字：

"孔哲。"

孔哲只能停住脚步，佯装惊讶，转身面对齐刷刷、白晃晃的目光：

"咦？爸，你怎么会在这？"

"他老爸？！"有声音小声嘀咕。

"不是他老爸，难道是你老爸！？"

突然遇到孔哲的老爸，几个人都惊呆了。他们脸上的来由不一的笑容，像落入石头的湖面，粼光闪闪。

还不等孔哲的老爸说话，他身后就闪出来一个声音，赞叹道：

"啊！孔市长，令公子真是英俊啊！"

"过奖了！"孔哲老爸回头，与那人相视一笑。

"小孔公子，还在读书吗？"

说话的人走到孔哲面前，是个胖胖的中年人，满面红光，油腻腻的，仿佛刚从油锅里炸出来的油饼一样。

"我在复旦读书。"孔哲微笑着答道。

"复旦啊！我儿子也在复旦呢。"

就在说话的间隙，忽然有个声音挤进来，也叫了一声："爸！！"

"啊，你怎么也会在这里啊？"

孔哲回头一看，那个挤进来的声音来自最后走出电梯的顾子奇！而应声作答的竟然是刚才那个胖胖的中年人！

难道这个胖胖的中年人就是顾子奇的老爸？！

"孔市长，这就是我儿子，叫子奇——顾子奇！"

"哈哈，一表人才啊！"

顾子奇老爸的手指在孔哲和顾子奇面前划过一圈，再看到他们身后还有两个漂亮女孩和一个帅气男孩，惊讶地问道：

"难道你们早就认识？"

"我们……"

孔哲看到顾子奇吞吞吐吐，知道他不好意思，立刻帮他答道：

"是朋友呢，不过也是刚认识不久。"

"哈哈，孔市长，没有想到吧，我还说要把小孔公子介绍给我们家子奇认识呢，没有想到他们已经认识了！"

"是啊，世界本来很小！在这些活力四射的年轻人面前，世界快要变成一个小小的高尔夫球了！不认识都很难啊！"

众人哈哈大笑。

"这两位是……"顾子奇的老爸指着郑小尘和苏窈窈问。

"这个是……"

顾子奇本来想说"她是苏窈窈，我的女朋友"之类的话，苏窈窈抢先放开桑佩佩的手，跳到了孔哲老爸面前：

"孔叔叔好！"

"窈窈啊！"

"我还以为您记不得我了呢！"

"怎么会呢？我还等着你做我们家的媳妇呢！"

孔哲听到老爸竟然毫无征兆地说出这样的话，心里一下就慌了。他早就发现了顾子奇不快的眼神，这下他再去偷眼看顾子奇，发现他的脸像一块棱角突出的青石头一样。

"爸！别再开玩笑了！窈窈人家早就有男朋友了！"

"哦？"孔哲的爸爸轻轻捏了捏苏窈窈的鼻子说，"有男朋友了，也不告诉叔叔一声！怎么？不要我们家小哲了啊，你爸爸和我二十年前可是给你们订了娃娃亲啊，有证人证言，这个可不能赖账哦！"

"哈哈，是小哲不要我了啊！是他越长越帅，越来越有魅力，然后他喜新厌旧，您得好好教训他一下！"

"哈哈……"众人大笑。

孔哲的脸越来越红。

"不要乱说好不好！我……"

"怎么？都快到了要谈婚论嫁的年龄了，小孔公子还难为情啊！"顾子奇的老爸说，"在女孩面前从来就要大胆，否则好女孩就要溜掉了！我看，你们是郎才女貌，很般配啊？孔市长，你说是不是啊？"

"是啊，是啊！哈哈！"

应和着孔哲的老爸，人群里爆发出更大的笑声。

"子奇，过来见见孔叔叔孔市长！"顾子奇的老爸拉住儿子的手臂，将他拉到孔哲老爸前面，"你去 SME 的事，多亏了孔市长呢！"

"谢谢孔叔叔。"

顾子奇说"谢谢"的时候，孔哲看到他的嘴唇轻轻咬动了一下，然后他微微偏过头来看孔哲。孔哲立刻被他的眼神冰了一下，心中一震。

那种眼神没有一点温度，深邃，孤傲，仿佛一个巨大的黑洞。

孔哲急于逃脱那个巨大黑洞的引力，于是他立刻把郑小尘和桑佩佩推到前面来，介绍给他老爸：

"爸，这是郑小尘，这是他的女朋友桑佩佩。他们都是我的好朋友！"

"你们都是复旦的吗？"孔哲爸爸脸上和蔼的笑容，使他的眼睛眯成了一条细缝。

"是啊！"郑小尘和桑佩佩异口同声答道。

"小哲这个孩子太不懂事了，哈哈，希望你们多照顾他！"

"我们是好哥们呢，这个自然不用说！"郑小尘干脆地说。

"那就好！好好学习，其他的嘛……"

"哈哈，小孔公子，人家都是出双入对了，我们就等着看你的好戏了！"孔哲老爸的话又被小顾的老爸老顾打断。

"我还早呢！不能早恋，哈哈！"孔哲然后转向他爸，"爸，你说是吧？"

"哈哈，这个……"

孔哲老爸点头的同时，向郑小尘和桑佩佩投去关切的目光，然后说：

"也不早了，下次带个回家来看看！"

孔哲老爸这样一说，人群里就闹开了花。桑佩佩趁机拉住孔哲，凑在他耳边悄悄地说：

"你真的和顾子奇是情敌啊？你看他那张臭脸！"

孔哲去看顾子奇，他脸上好像覆盖上了一层厚厚的阴云，或者孔哲将它形容为上面挂满了很多狰狞的黑色蝙蝠。

"什么？"

"不过如果是的话，我一定站在你这边，帮你挖战壕，帮你打游击！"

"直到——解放全中国，是吧！"

"是啊！"

"可惜——我没兴趣！"

孔哲说完，发现他老爸要走了。

孔副市长向五个少年招了招手，说："你们好好玩，我先走一步。"

末了，他又加上一句："谢谢你们照顾小哲！"

"再见！"

"再见！"

孔哲巴不得他老爸赶快走掉，看到电梯门关闭，他老爸的身影和声音彻底从那扇金属门后面消失了，他才大大地喘了一口气。然后，他听到桑佩佩在旁边大叫：

"好饿啊！好饿啊！我被吓饿了！"

郑小尘轻轻地捏住她的脸说："你又胖了，吓一下正好可以减肥！"

"是啊，是啊！小哲，以后多带佩佩去见见你爸，保证她永远婀娜多姿，身轻如燕，貌美如花！"苏窈窈叫道。

"呃，你这不会是要孔哲来挖我的墙脚吧？"郑小尘调侃道，"或者，是你自己想去他老爸身边'减肥'吧？"

"我？"

"说的就是你哦！"

"我在他们家楼下住了十几年都没有变成苗条淑女，他老爸早就对我不管用了！再说，本人天生丑陋，减肥也无济于事啊，看来只能寄托于来世重新投胎做人了！"

一声叹息之后，苏窈窈看到顾子奇似乎很不高兴，阴沉沉的，一言不发，她立刻拉紧顾子奇，依偎在他的怀里，用几近腻死人不偿命的声音说：

"更何况——我是有主的人了呢！"

孔哲有点不堪忍受了，急忙叫道：

"我也饿了！我也饿了！……"

然后冲进餐厅，全然忘记了今天并非他做东，而是被人请来的。

错，是被人"绑"来的！

橘子郡男孩

好好的一桌饭，不知道为什么所有人都吃得郁闷，开始还你看我、我看你，最后都闷头不语。

"靠，这不会是在开一场小型追悼会吧?!"桑佩佩伏在郑小尘的耳边，轻声说。

"嘘！说话危险！"

"怕什么！"

郑小尘抚摸着她背后的头发，顺势轻轻地咬了一下桑佩佩的耳垂。

"淡泊以明志，'宁静'以致远……"

桑佩佩推开他，立起身，她的目光被另外三双握住刀叉的手所吸引。

刀叉发出的声音很小，很轻微，比绅士更绅士，比淑女更淑女，仿佛谁都不想引起其他人的注意，谁都尽量不让自己的目光暴露在外。

间或，苏窈窈会抬头看看左边的顾子奇，再看看右边的孔哲，她或许觉得自己陷入了一个漩涡，但她根本没有时间去想该怎样爬上来。

桑佩佩本来想问什么，因为她实在无法忍受在这样沉闷的气氛中吃东西，她实在觉得此刻是对胃的巨大折磨，而"民以食为天"……

"我等小女人，'天'都没有了，活着还有什么意思啊！"

她越想越可笑，也越想越气愤。

"你们还真以为是开追悼会呢！静默五分钟也就够了吧……"

刀叉哐当响了十五分钟，她最喜欢的芝士蛋糕还没有上来，她却已经没有任何食欲了。她把刀叉很响地往盘子里一扔，然后双手交叉在胸口，说："我饱了！"

桑佩佩刚说完，顾子奇也放下刀叉，说"我也饱了"，起身便要走。

"子奇。"

苏窈窈拉住他的手，显然在请求他留下来。

她再扭头去看孔哲，似乎已经发现沉闷的气氛都是因为这两个男孩无声的对峙。两个第一次见面的男孩之间，忽然出现了一条"暗河"，波涛汹涌，深不可测。

孔哲嘴巴里含着叉子，俏皮地抬起头，仿佛一个稚气未脱的孩子，一副不明白发生了什么、即使有什么发生也绝对和自己没有任何关系的样子。顾子奇轻轻推开苏窈窈的手，高傲而冰冷的目光慢慢滑过她的脸庞：

"我先走了，你该干吗干吗吧！"

"你干吗啊？"

"子奇，喝了这杯酒再走，好吗？"郑小尘端起了酒杯，已经站了起来。

他的微笑总是一贯的热情，颇具穿透力（桑佩佩说很容易就可以穿透一个橘子），弄得顾子奇不得不转过身来。他的目光往桌上已经空掉的杯子望去，桑佩佩立刻给顾子奇倒满酒。酒摇摇晃晃地溢出来了。

"早就希望找个时间一起聚聚——你去了国外，都不知道多久才能把酒言欢呢！——总之，希望你在英国健康快乐、学有所成！"

清脆的碰杯声音响起之后，顾子奇苦笑一声，说：

"多谢大家的关心，但——我不会去那里了！"

"啊……"

顾子奇将酒一饮而尽，将杯子轻轻放下，头也不回地走了，留下一堆人惊讶的目光在他身后像一团巨大的火球。

橘子郡男孩

"靠，了不起啊！"桑佩佩盯着顾子奇的背影，叫道。

但她忽然发现苏窈窈还在身边，脸上的表情宛如变形金刚，瞬间变成无数鱼鳞，波光闪烁。她赶紧拉住苏窈窈的手说：

"窈窈，你不觉得他挺酷的吗？这种男孩讨人喜欢啊！"

"……"

"你眼光真是独到啊！"

"佩佩……我也先走了，你们慢慢吃！"

"啊？"

苏窈窈向大家点点头，勉强挤出一点微笑，像风一样也离座而去。

桑佩佩耸耸肩，又摆摆手，紧蹙的眉头舒展开，大声地叹了一口气：

"哎——放轻松点，没事！不如把这一切当作马戏团的演出来看好了，只不过——不够精彩罢了！"

"呵呵，没什么啊，怎么能说是马戏呢！"

郑小尘拿起酒瓶，瓶子里的酒还剩一大半。

"你好白痴啊，你难道还不明白顾子奇为什么给我们臭脸看吗？"

"为什么？"

"当然是因为小哲！"

"小哲？——小哲，他不会真吃你的醋了吧？"

郑小尘问孔哲，但孔哲仍是一副事不关己的样子。他猛地抬起头，眼睛里装作一片茫然：

"你说——什么？"

"他和你一样是白痴！"桑佩佩对郑小尘骂道，"吃醋倒不一定！毕竟他们在一起都那么久了。我觉得，关键是受了点打击！"

"打击？"

"你难道没看到吗？他老爸对孔哲的老爸那么恭维，而且他老爸说他去英国是因为孔哲的老爸帮了很大很大的忙……他的脸都黑成木炭了！"

"这没什么吧。"

"早上还嚷着马上要去英国呢，现在突然说'我不去那里了'，这还不够严重吗？"

"也许吧……这个家伙太讲自尊了吧！其实真没有什么的！"

"不是自尊，是自负！"

"既然如此自负，那他还担心什么？难道怕小哲抢了他的苏窈窈不成？！"

"我再次和你们说，我和苏窈窈没有任何的瓜葛！！"孔哲用纸巾用力地抹了抹嘴巴，叫道，"即便有些感觉，也是很久以前的事情了！！"

"啊……"

正当孔哲情绪激昂时，他忽然发现郑小尘和桑佩佩的嘴巴张得大大的，端着杯子的手都停在半空不动了——

他回过头，发现顾子奇不知道什么时候又回来了，此刻就笔挺挺地立在他的身后。

"……"

"小尘，你的钱包，刚才忘了给你。"

"钱包？"

"难道不是你的吗？"

顾子奇将一个棕黄色的钱包递了过来。郑小尘一眼看到上面的"ESPRIT"标志，喜出望外。

"原来被你捡到了啊！多谢！"

"今天早上在图书馆……"

"我一早就去图书馆找了，找得好辛苦啊！"

"呵呵，我……"顾子奇挤出一点笑容，"我先走了。"

"但我怎么就没有找到呢？"

"找到就好了，问那么多干吗！"桑佩佩迅速打断郑小尘的话。她的笑容面对着几乎毫无表情的顾子奇，像一大片一大片的云彩，飘啊飘啊。

"再见！"

"拜拜！"

"……"

　　顾子奇的身影终于在门口消失了，并且一分钟之后似乎不会再有返回的可能。桑佩佩的筋骨彻底放松了下来，她像一只懒猫一样，整个身体陷入了沙发里。

　　"小尘,看看你的信用卡还在吗？"

　　"完璧归赵！"

　　"给我,我去埋单吧！"

　　"我自己去,你赶快吃点东西！"

　　"好吧!刚才胃口奇差无比,现在胃口忽然上来了!嘻嘻——这么多美食,不吃才是傻瓜蛋呢！"

　　"哈哈,你这个伪君子女人！"

　　丁丁当当,觥筹交错,桑佩佩端起酒杯用力地碰向孔哲的酒杯：

　　"小哲,多谢你！"

No. 12

郑小尘埋单的时候,钱包里掉下一张纸条来。

展开一看,才知道是顾子奇留给他的,上面只有一行字:

"我知道你们的秘密!如果不想带来更多麻烦,就让那小子离我们远点!

郑小尘不动声色地把纸条折了起来,塞在钱包最里面的隔层,然后埋单走人。

下午回到学校,孔哲先走,桑佩佩独自去了 SPA。

郑小尘逛了逛书店,然后一个人无所事事地在街上溜达。他走了好久好久,连自己都不知道是在哪里了,才停下来,准备坐车回去。

天上开始下雨。夏天里,最冷的雨。

在公交车站,有人看到一个男孩低着头,拥紧自己,他的长发垂下来,完全遮蔽了他的脸,但是他华丽的衣装和唯美的气质,让所有人在车开动后都不禁回头去看他。

他就是郑小尘。

有人隔着玻璃窗叫郑小尘的名字，可惜声音被阻挡，发声的那张脸在淌着雨水的玻璃后面变得很模糊而不可辨。郑小尘根本没有听到有人叫他，即使他抬起头来，也不知道那张脸正在对自己说话。

晚上八点，郑小尘才回到橘子郡。

他穿过走廊，迅速脱掉身上所有的衣服，想去舒舒服服地洗一个热水澡。但他惊讶地发现隔壁顾子奇的房间竟然人去房空。

他跑向一楼的管理室。在那里，他得到了顾子奇已经退宿的确认。然后郑小尘掏出手机，给孔哲打电话。

"你赶快申请来橘子郡住吧！"

"有空房间了？"

"是啊！"郑小尘停顿了一下，"子奇下午搬走了……"

孔哲根本不相信自己的耳朵。电话里，郑小尘听到了孔哲魔鬼般的尖叫。

"靠——不可能吧！"

"我也是刚回来，看到他的房间空空！"

"你吓坏了吧！"

"当然！一个下午的时间，仿佛做了一场噩梦。一觉醒来，连自己是谁、身处何地、为何来到此地都不知道了！"

到了期末，退房本是很正常的事情，更何况顾子奇即将出国。但没有任何的征兆，只是因为一个人忽然的出现，就造成如此大的变故……顾子奇这种闪电式的行为，在郑小尘看来几乎是一种"暴力"，无声，如空气弥漫，让他想都不敢去想了。

"我已经自作主张帮你预订了，不过你得尽快去提交正式的申请！"

"我得再想想。"

"还要想啊，再想的话，房子会自己长翅膀，飞了！"

"我老爸那里……他不会给我钱的！"

"钱不是问题！我可以先给你！"

"啊……"

"是借给你，又不是送给你，你担心什么啊？"

"只是……"

"哪有那么多的顾虑啊！难道借你点钱，你就腐化堕落了吗？"

"好吧，我明天一早就找你！"

给孔哲打完电话，郑小尘返回楼上。再次经过顾子奇的房间，他感到心里空落落的，一阵遗憾涌上心头。他在心里对自己说：

"难道就这样失去一个朋友吗？"

"我们曾经是朋友吧？"

"人生会有那么多际遇吗？"

当然，没有人回答他，也没有人听到他的话。

他打开房间里的灯，灯光白得刺眼。书架上、床上、书桌上、衣柜里、地板上都空无一物，连一点纸屑都没有留下。曾经贴满了美女照的墙上，也被撕得干干净净，仿佛这间房子里已经好久没有人住过了。

郑小尘推开窗户，新鲜的空气立刻涌进来，潮湿而阴冷。他迅即关上窗，在房间里慢慢踱着步子，感受到身体不断下沉。

然后，他走到床边，小心地去敲那面将他和顾子奇相隔的墙壁，咚咚，咚咚，空洞的声音在房间里回响。

郑小尘觉得手有一点点疼。

第二天一早，孔哲来敲郑小尘的门，墙上的钟表指针指向七点。

郑小尘钻出被窝来开门，睡眼蒙眬：

"老大！你没有必要这么早吧！上早班的麻雀都还没有起床呢！"

说完，又跌进被窝里，完全无视孔哲的存在。

虽然认识才几天，但孔哲已将郑小尘划进了自己的好朋友圈圈里。这个圈圈的半径好小，能在几天里就钻进来的，除了郑小尘和桑佩佩，还真没有别人了。

但此刻孔哲站在郑小尘的房间里，如站在所有其他陌生人家里一样，还有一点忐忑不安。他回头去看那扇门，他真的有点怀疑自己是从那里走进来的。或者从窗口？不会。他不是外星人，也没有跌进过什么山洞，练过什么旷世神功。

"我昨晚给你们院长打电话了。"

孔哲站在窗前，一边和几乎没有知觉的郑小尘说话，一边享受着清晨新鲜的空气。

昨夜的雨已经停了，但还有些湿漉的痕迹。

窗外的景色蒙蒙眬眬，比水墨画还要淡，更像是被湿润的空气洇过的一张宣纸，黑和白并没有清晰的界限，景物和景物都像浮在水上，或者雾中。

忽然，孔哲大声叫了起来：

"橘子红啦！"

他的声音像一块大石头掷向了平静的湖面，但郑小尘仍然被睡神紧紧地拖着，他只是翻转了一下身，然后吐出几个含混不清的字：

"怎——么——啦？"

"橘子红啦！"

孔哲再次大声叫道，并冲到床前去掀被子，"猪！起床啦！快来看，外面的橘子一夜之间全红啦！"

郑小尘的灵魂仍有一半像闭上眼睛的老鹰一样在梦中盘旋。过了好一会儿，他终于挣扎着爬了起来，摇摇晃晃被孔哲拉到窗口去看那些红了的橘子。

为这座公寓命名的教授曾经说过，只有橘子红了的"橘子郡"，才是真正的"橘子郡"。

这句话就铭刻在一楼大厅的墙上，郑小尘经过那里，时不时会瞥上一眼。这样的守候，经过长久的蛰伏，终于在这样一个清晨来临了。

"快过来看！好多啊！"

郑小尘顺着孔哲手指的方向望去，远远地，一点点的橘红从薄薄的雾中钻出来，在湿润的风中，那抹橘红立刻变得斑驳而鲜艳起来，仿佛天边

我住的 **城市** 今天下了 **雨**。很好奇，你也会 听到 么。

有人在烧山火，即便遥远，也让人温暖，特别是一个人需要另外一个人的怀抱的时候。

"只有橘子红了的'橘子郡'，才是真正的'橘子郡'！"

郑小尘此时完全醒了，语气里透着一股清晨的清凉，就像橘子果上面的那些细小的露珠，晶莹透亮。

"嗯？"

"你知道吗？橘子郡的橘子三年才会结一次果，六年才会红一次，赶上的人据说一年都有好运气！"

郑小尘倚在窗台上，双手托着下巴，神情仿佛一个孩子。

"呵呵，没想到这里还有一点童话色彩！"

"其实，我们就生活在童话里。"

"童话？"

"你不觉得吗？这座老房子本来就修建的像迷宫一样，或者像童话里的城堡，而我们不是天使，只是一只只简单的小兔子，有太多故事是我们所不能想象的，我们只顾吃草、睡觉、繁衍生息。"

"每一座老房子都藏着很多故事，因为它老啊——当你老了，你也自然成了故事大王了！"

"不，我不做故事大王，我要做童话大王！"

"搬张板凳在树阴下说童话的老头？"

"哈哈，我长生不老，永远十八岁！"

"老妖精，你臭美吧！"

"我天生丽质！哈哈！——对了，你知道吗？还有人说在橘子园里天天可以看到的那个老园丁，就是给橘子郡取名的人，也就是这座建筑在解放前的主人。"

"有谁去向他求证过？"

"我想来着，不过他早成了一个哑巴。"

"哑巴？"

"从来没有听到他说过话。不过也好，经历了太多苦难的、连家都丢弃的人,还不如把过去的一生装进肚子里,对谁都不说。"

"是啊,这座别墅里一定还有更多传奇!"

"所以,你要住进来啊!"

"还在犹豫,不过我已经给你们院长打电话了!"

"我们院长?"

"不给你们孙院长打电话,你以为凭我一张嘴、一张申请,就可以住到这个人人都虎视眈眈的地方吗?"

"呵呵,然后呢?"

"我挂上电话半个小时后,他又打了过来,告诉我搞定了!"

"呵呵——那你还来这么早干吗?是不是兴奋得一夜没睡,然后看着别人躺在床上睡大觉不爽啊!"

"我哪敢!我只是起来晨跑,然后一不小心就跑到这边来了!"

"一不小心?好虚伪!"

"哈哈,顺便过来看看嘛!"

"有什么好看的啊?"

"看——看橘子郡的橘子红了啊!哈哈!"

"哈哈,虚伪的家伙啊!"

快乐的笑声在橘子郡的上空轻轻飘扬着,飘扬着。

太阳出来了,城市醒了,梦也消失得干干净净。

有人走在步岚街上,远远地,看到橘子郡里的橘子树上,鲜亮的橘子一个一个地红了,红得像满树都挂上了红灯笼。

No. 13

孔哲第二天就搬进了橘子郡。

临近黄昏的时候，一辆黄色货运出租车停在了橘子郡门口。

桑佩佩和郑小尘忙不迭地帮孔哲往楼上搬东西，七八个大纸箱和两个绿色的大包以及一些零零碎碎的东西往地上一放，人一下子就插不进脚了。

而楼下的出租车司机还在大叫："你们还有两个袋子呢！"

孔哲急忙从窗口探出头，答道："好的！好的！马上就下来！"

"咚咚咚咚"的声音在楼梯上不断响起，郑小尘和孔哲都忙得挥汗如雨，而桑佩佩像一只轻巧的小蜜蜂一样，穿来穿去，停停落落，一不小心就不见了。孔哲和郑小尘再次见到她，感觉她是从天而降：她站在光光的床板上，手舞足蹈，兴奋异常。

"小心！小心！姑奶奶！"

郑小尘扔掉手里的东西，冲过去护住她，生怕她一不小心摔下来。

桑佩佩似乎是天生的乐天派。对于一不小心从床上掉下来，把地板砸穿，然后重重落在楼下的另一张床上，她并不担心。在郑小尘的细心看护

下，她终于玩累了，才停下麋鹿般的舞蹈，像一个被宠坏的孩子，说：

"小哲，你把床先铺上如何？"

"干吗？"孔哲说，"你这个请求好暧昧啊！"

孔哲一边说，一边抹汗，邪邪的眼神，像一只蒲扇上方的流萤。

"累死了，现在我只想躺在床上！"

"你累可以去我的房间里躺啊！"郑小尘说，"反正你待在这里也影响效率！"

"不嘛！——我就想在这里躺着，看着你们！"

"哎哟，你还撒娇呢！"孔哲叫道，"不过呢，撒娇的女生我最喜欢了！"

"但是……"郑小尘说。

"哪有那么多'但是'啊！反正我不管，我就不走！再说了，俗话说得好，'男女搭配，干活不累'，不是吗？"桑佩佩叫嚷着，就是不肯下床来。

"噢，你躺着，我们忙来忙去，这算哪门子的男女搭配啊！"郑小尘说。

"所谓'秀色可餐'，像我这样貌美如花的姑娘往这一躺，不就是在给你们源源不断地输送内力了嘛！"

"无聊！"

"狡辩！"

郑小尘、孔哲的声音相继响起。

"那你背着我搬东西好了。——这算不算男女搭配啊！？"

桑佩佩说着，就向郑小尘张开了怀抱。

"背着？哈哈，考验郑小尘同志的时刻到了！"

孔哲靠着门，幸灾乐祸地笑，期待着一场好戏上演。

"好吧……"

郑小尘面对桑佩佩的任性，着实有点无奈，他半推半就地，还是让桑佩佩趴在了自己的背上。

趴在郑小尘背上的桑佩佩，幸福的笑容在孔哲看来像一块可以黏住苍蝇、蚊子、蜘蛛的蜜糖。而郑小尘则像一个小老头一样佝偻着背，艰难而滑稽地迈着步子,他背上的女孩骄傲地昂起了头,似乎欢畅的歌声就要飞出她的喉咙。

"你们到这里是来调情的,还是来演出啊!搬个家还要搞得那么隆重,唉,以后搬家不能请马戏团的先生小姐了——你们直接给我几块大洋,我去叫搬家公司得了!"

孔哲正说着,忽然听到楼下有声音大叫:"还有俩袋子呢!"

他转身冲下楼梯,一边大叫道:"来了,来了!"

楼梯都快被震塌了,有灰尘簌簌地不停往下掉。管理员从房间里探出头来,嘴里念叨着:"咦,不会是地震了吧!?"

将所有的东西收拾好了,孔哲和郑小尘往沙发上一倒,发现桑佩佩已经在那张布满灰尘的床上睡着了。两人相视一笑,掏出火机,开始抽烟。

孔哲从柜子里取出一条薄毛毯,轻轻地扔给郑小尘,示意他去给桑佩佩盖上。

"没有必要吧?"郑小尘说,"现在可是夏天。"

"外面在下雨呢。"

郑小尘扭头一看,窗户的玻璃上,雨珠像分汊的河流一样不断冲刷下来。细听,有雨打橘树叶的声音,越来越响,越来越密。

"没事!反正她脂肪厚!"

郑小尘一边说,一边对着天花板,高高地吐出烟雾。

烟雾升腾,又弥漫开来,将他笼罩着。他仿佛是云雾里即将迷失的一座岛。

"要不要去吃夜宵?"

"冒雨去?"

"未尝不可。"

"好吧。"

"叫醒佩佩?"

"当然。"

"我是说'你去叫醒你老婆吧'！"

"还是你去邀请她吧，这样她会觉得有面子。"

"能否用一种特别点的方式？"

"随便你！不过你要记住'她是我的'就行了！"

"这个——我不夺人之美。"

孔哲从沙发里爬起来，蹑手蹑脚，生怕弄出半点声响，像潜入房间的小偷，不，或者他更像一个偷香者。他悄悄地来到了熟睡中的桑佩佩身边，阴影此刻已经完全笼罩在了桑佩佩身上。

郑小尘大概知道孔哲意欲何为，扑哧就笑了。

桑佩佩反转了一下身。两人皆惊。

孔哲将食指压住双唇，示意郑小尘再不要发出声响，然后他慢慢地将藏在背后的手移到胸前来——手里赫然夹着一支烟！

他狠狠地甚至是贪婪地吸了一口，然后鼓着腮帮，沿着桑佩佩的额头、眼睛、鼻子、嘴唇、脖颈，缓缓地将烟雾释放……

烟雾立刻覆盖了桑佩佩像陶瓷娃娃一般的脸，然后孔哲将空下的一只手伸向了书架上的某件东西。

剧烈的咳嗽将桑佩佩从美梦中拽了出来。在梦境中，她像一只饿了一百年的苍蝇，好不容易看到一块肉，才刚张开口扑上去，就有一只手将它擒住，"嗖"的一声，将它甩出了门，穿过天空，穿越大气层，直往宇宙的深处飞去。

桑佩佩被烟呛醒，一睁开眼，正发怒欲拔剑刺人，却不想一张狰狞的鬼脸与自己怒目对视，火气比自己还大，简直火烧眉毛，直冲云霄。怒气完全被恐惧吞噬掉了，她尖叫起来，本能地抱紧毛毯蜷缩在床头，像一只软弱无力的小羊羔。

这时，"鬼脸"开始说话了："小姐，你想吃夜宵吗？"

话音刚落，桑佩佩手中的枕头已经狠狠地朝"鬼脸"摔了过去。

"你这头猪啊！你吓着我了！"

郑小尘在一边偷笑："谁叫你偷懒的，而且这么吵，竟然还能睡着！"

"是啊，真是佩服至极！"

"佩服的话,以后就认我做姐姐算了!"

"姐姐?想占我便宜?没门!"

"靠,我都不嫌弃你,你还嫌弃我?太没有天理了吧!"

"像我孔哲这样英俊潇洒的白马王子,已有万人宠爱,哪里用得着一个姐姐的照顾?!"

"你还白马王子呢!摘掉面具赶快去照镜子吧!"

孔哲很不服气,立马摘掉面具,将自恋的本性暴露无遗,但他意外地发现桑佩佩和郑小尘已笑得人仰马翻!

原来,不知道什么时候,面具内侧沾上了尘土或者是墨粉,他本来白净的脸忽然花得像包公再世。

桑佩佩叫道:"这不是电影里鬼子的花内裤嘛!"

她心里升腾了一种报复的快感,谁叫你吓我呢。所以,桑佩佩笑得特别夸张,她趴在郑小尘的背上,笑得几乎要窒息。

稍缓一点,她冲到郑小尘的房间里,搬来一面镜子,递到孔哲面前。

"小尘,我们赶紧去镜子里打野猪,夜宵不用愁啦!"桑佩佩叫道。

郑小尘也高声帮腔:"好哦,好哦,我们吃野猪肉咯——"

"好耶,好耶!"

此时,整个橘子郡不仅在风雨中飘摇,还在欢快的笑声中,经历着它的历史和青春的梦想。

"咚咚咚",正当三人闹得起劲的时候,有人敲响了那扇敞开的门。

三人回头一看,竟是顾子奇!

"哦,搬得挺快的嘛!还是有个有权又有势的老爸比较好啊!"

顾子奇倚在门口,身上散发出一股刺鼻的酒味。

"你……"孔哲欲言又止。

"所以说,我爸特窝囊,他应该重新投一次胎。做什么商人?有几千万有几亿又有什么了不起?!好歹也要弄个市长当当吧。不!副的也就够了,否则人家总把你当孙子!"顾子奇继续说道。

"子奇……"

郑小尘想制止他说下去，但顾子奇完全是一副玩世不恭、愤世嫉俗的态度。他的这种情绪不是因为醉酒所致，仿佛他隐忍了很久的内心终于找到一个痛痛快快地发泄的时刻了。

"你看看，你看看，做了市长就是不一样啊——不，是副市长。那么多人排队等着，他一句话就搬进来了，而我们呢，不知道给那些阎王小鬼上过多少香，进过多少贡呢？！"

坐在床上的孔哲刚才还想说什么，此刻他却变得沉默不语了。

他想，自己的确是一个"插队者"，而他的确是利用了别人对他老爸权势的趋附。

"而我为什么会插队呢？为什么会想住进橘子郡呢？"他问自己，但他不能马上回答自己，于是开始懊悔起来。

"人家住进来，与你何干啊？"

桑佩佩忍不住开始发飙。在这之前她曾经对孔哲说过，她会帮他挖战壕，堵枪眼，现在她不仅仅于此了，而是开始帮他冲锋陷阵。

"当然与我没有关系啦！我这人又没有什么特殊爱好，我又不和他偷偷摸摸躲在房间里做什么！"顾子奇回敬道。

"你什么意思啊？"

桑佩佩觉得顾子奇完全不知所云，她再细看，发现顾子奇手里还拿着一罐蓝带。

"什么意思你不知道，他自己知道啊！"顾子奇又瞥了郑小尘一眼，"我这人向来人不犯我，我不犯人，人若犯我，我必犯人！"

"这话听来好耳熟呢！"桑佩佩鄙夷道。

"佩佩，你现在可能觉得我很可笑是吧？但我觉得你可怜！"

"我可怜？怎么忽然说到我了？"桑佩佩又转身向郑小尘和孔哲说，"你们说啊，有毛病吧，竟然说到我身上来了！"

"所以说——你很可爱！"

"我当然可爱！"

"你是傻得可爱！"

"我傻？"桑佩佩火了，她双手叉腰，向一股风一样，就向顾子奇冲了上去，"你什么意思啊！？"

"你傻得可爱啊，怎么了？！"

"你能否不要说了！赶快回去休息吧！"

郑小尘赶紧跟上去，抱住顾子奇，将他从桑佩佩的身边推开。顾子奇身上浓烈的酒味，不禁让郑小尘屏住了呼吸。

"子奇，你醉了，我送你回去！"

顾子奇重重地摔开郑小尘的手：

"你他妈才醉了呢，老子清醒得很——现在是最最清醒的时候！"

"你真的醉了！有事明天我们再说，好吗？"

"我告诉你，我没醉！"

"好——你没有醉，那我们出去聊聊好吗？"

顾子奇握住门的把手，不肯挪动半点。

"子奇！"郑小尘用请求的语气，再次叫道。

"郑小尘，我告诉你，你不要推我！——老子以前还把你当兄弟呢！"

"现在也是兄弟啊！"

"兄弟？"

"当然是兄弟！"

"呵呵，我竟然有你这样的兄弟！有你这样一个趋炎附势的兄弟？有你这样一个虚伪的兄弟？"

"子奇，你误会了……"

"误会？"

"你真的误会了！"

"那下次，也让我偷听你们一次？也让我抱着你睡一次？"

顾子奇气势汹汹地将郑小尘逼进角落里，继续说道："对哦！我都忘记了，我怎么可能是你的'菜'呢，本人可是没权没势的 straight 啊！"

"你这个人渣！"

只见孔哲忽然跃过沙发，冲着顾子奇就将拳头挥去……

一阵厮打之后，两人都跌倒在地。

顾子奇抬起头，擦擦嘴边的血迹，邪邪的眼神再次瞥向桑佩佩，咧嘴就笑了，露出白净的牙齿：

"呵呵，桑佩佩，你终于知道自己傻了吧！"

"顾子奇，你有毛病吧！"桑佩佩叫道，"你不是喝醉了酒，而是神经搭错了吧？这样的话你也说得出来！"

"呵呵，你还不信？"

"谁会相信你的鬼话啊！"桑佩佩叫道。

孔哲一屁股坐在地上，郑小尘伸出手想去拉他，被他拒绝了，他自己双手撑着地板爬了起来。

"不信就算了，嘿嘿。"

"子奇，你真的误会了！很多事情并不是你所想象的那样，你所看到的只是一条直线上的一个点，那个点之前和之后是怎么样的你都忽略掉了！"郑小尘说。

"到底发生什么事了嘛？你们俩说了半天都不知道说了些什么，有什么事挑明了说！"

桑佩佩越听越纳闷，不管是发生了什么奇闻，还是一场天大的误会，她觉得自己还蒙在鼓里。

这个时候，她没有想到，顾子奇会说出一句"算了！"

他推开郑小尘和孔哲，从他们中间穿过去。

"我不是来和人打架的！我有件东西忘记拿走了！"

他把书架最下层的书全部推开，露出墙纸。轻轻地撕去墙纸，露出一个不仔细看根本无法察觉的小壁橱，他将手伸进去，掏出一个黑色的小木盒。

三个人都屏住呼吸，等待着顾子奇打开那个小木盒，刚才的敌意被好奇心完全覆盖了。但顾子奇丝毫没有打开小木盒的意思，更不会说明这个小木盒的来历。他只是把小木盒握在手里，瞥了一下看着他的郑小尘等人，然后转过沙发，头也不回地走了。

"嘭"。在郑小尘等人身后，传来很响的关门声。

桑佩佩的身体随着声音抖动了一下，同时她惊讶地看到窗台上的一株植物也颤动了一下。

"茉莉花！"桑佩佩叫道。

她立刻冲到窗前，全然忘记了刚才那个勾起了她无数好奇心的神秘壁橱。

No. 14

孔哲一觉醒来，像平时一样想大叫一声"都起来吧，食堂的饭菜都起霉了"，话刚要冲出口，才发现自己身处的已经不是东区的集体宿舍了。

房间里只有他一个人。

他孤零零地被头顶似乎要垮下来的天花板和四周厚厚的墙壁所紧紧包裹起来，加上重重的被子，他觉得自己像一个动弹不得的白色蚕蛹。他努力去回想昨天晚上发生的事情，但头痛欲裂，他挣扎了一下，又趴下了。等他再次醒来，是听到当当的敲门声。

现在他很怕敲门声，特别是当他一个人住一个房间的时候。他几乎想将自己隔离在一个谁都不能靠近的地方，即便是孙悟空用金箍棒划给唐僧的那个小小的圆圈也可以。

他摇摇晃晃去开门，一看是桑佩佩。

她穿着长长的睡衣，左脚的拖鞋给了右脚，嘴里嚼着口香糖，吹出的泡泡很小，瞬间就在她的唇边叭叭吹破。

"昨天晚上你没有听到什么声音吧？"桑佩佩小心翼翼地问。

"声音？"孔哲不知道桑佩佩想问什么。

"是啊！"

"昨天晚上我没有回,嘻嘻!"桑佩佩倚在门边,一边说,一边摆弄着睡衣的下摆,脸上忽然出现了一丝少女的羞涩。

"哦,没有回就没有回呗!"孔哲虽然嘴上这样说,但是心里立刻感叹"哎,现在的女生真是开放啊!"

"你真的没有听到什么声音吗?"桑佩佩还不放心。

"是!——小姐!昨晚我累得半死,倒在床上就昏睡过去了,哪有闲空管人家干什么!"

"啊!"桑佩佩咬住自己的手指说,"真好!"

"还有其他事吗?"

"没了!"桑佩佩脸上偷偷的笑容像嘴边的白色泡泡一样瞬间绽放,隐藏都来不及,"没!我只是问问啊!"

在桑佩佩转身的那一刻,孔哲轻轻地关上了门。他靠在门后,深深地呼了一口气,然后晃了晃脑袋说:"哎,真是一个傻女人啊,这种事还来问!"

孔哲没有想到,桑佩佩马上从门缝里挤了进来,叫道:"傻?我才不傻呢!"

"谁?谁说的?"孔哲装傻,左顾右盼,然后一脸堆笑,"没有人说你傻啊!"

"我才不傻呢!顾子奇说的事情,我死缠烂打地逼问了一个晚上,虽然郑小尘视死如归,不肯透露半点组织的秘密,但是我已经弄清楚是怎么回事了!"

桑佩佩像孔雀一样昂起头,张开所有美丽的羽毛,只剩有人往她的头顶戴上一顶璀璨夺目的皇冠了。

"你知道?"孔哲将信将疑。

"当然!"桑佩佩回答很干脆。

"你怎么知道?"

"你要知道?"

"当然!"

"为什么要知道？"

"好奇。"

"用一件东西来交换好吗？"

桑佩佩一边说的时候，她的眼睛开始在孔哲的房间里到处搜寻了。

"你要什么？"

桑佩佩冲到窗前，眼睛亮晶晶地锁住了那盆结满了白色蓓蕾的茉莉花："就是它！"

"好吧！"

一周来，第二盆茉莉花惨遭横刀夺爱，孔哲虽然无奈，但是为了消除误会，他回答得没有半点犹豫。

"爽快！成交！"

"好，现在轮到你说了！"

"嘻嘻，告诉你，我逼问未果，正想拿出刀来，某人却呼呼睡着了，我又计谋了半天，他竟然开始说起了梦话，然后我就小心翼翼地和他来了个超时空对话！"

"你利用他说梦话套他的话？"

"嘿嘿。"

"天哪，真能套出话吗？"

"of course！眼见为实！"

桑佩佩的屁股一扭一扭，像跳起了孔雀舞，得意洋洋地抱着那盆茉莉花走了。

孔哲追出去，叫住她："佩佩，那你知道那是一场误会了吧！"

桑佩佩的甜美而夸张地笑了一下，说："那是当然！他怎么可能是'那个'呢，我们昨天晚上还……"

"靠！！"

在关门的一刹，桑佩佩再度探进头来，甜美到夸张的笑容再度像电波一样袭来，孔哲差点要摔到蜜糖缸里了，幸亏他及时抓住了门的把手。

"靠！你真像一个妈妈桑！怪不得姓桑！"

孔哲穿好衣服，走到已经空空的窗台，推开窗户。

昨晚的雨已经完全不见了痕迹，和煦的阳光透过树枝的缝隙，射在干净的路面上，像无意间勾勒的铜版画。橘子树上的红色果子比前几天又多了一些，不难觅到它们的身影，还有几颗半青不红的橘子就临近窗户，孔哲努力地伸出手去，但怎么也够不着。他笑了笑，放弃了。

再看墙上的钟，已经十一点了。

他跑去隔壁敲门。郑小尘开了门，又和桑佩佩躲进了被窝里。

"我方便进来吗？"

"为什么不可以！"郑小尘从被窝里探出头，一头凌乱的长发，惺忪的眼睛半睁着。

孔哲关上门，又亮起灯，跨过地毯上随意散落的衣物，一步一步向还能让他坐下的沙发走去。

"随便坐。"

"嗯——小尘，我得提醒你一件事情。"

"什么事？"

"我们得去医院一趟！"

"医院？"

"我需要去看看杜老师，而你——总得去看看馆长吧！"

"哦，我都忘记这件事情了。"郑小尘钻出被窝，斜靠在床上，拍拍脑袋，稍微沉思了一会儿说，"我们吃完饭就去吧！"

"好！"孔哲应道。

郑小尘推推被窝里昏睡的桑佩佩："你不是刚才起来了嘛？怎么又睡了？快起来！我要先去洗个澡！"

下午三点，郑小尘和孔哲出现在了长海医院的门口。

他们每人手里捧着一束鲜花,红色的康乃馨。在这之前,他们已经去了一趟图书馆副馆长的办公室,装作听闻馆长身体有恙的已毕业的学生,弄到了馆长在长海医院的病房号码,当然也不费吹灰之力地弄到了杜老头的。

"那我去 A 楼杜老师那里了。"孔哲指了指那幢白色的大楼说,"馆长在那边,B 楼的 1304。"

接着,他又添了一句:"你尽量装作诚恳点,会吗?"

看到了郑小尘的微笑,他转身走进了白色大楼的阴影里。

孔哲出了电梯,往左边一拐,就看到了护士服务站。

一个漂亮的年轻护士领着他来到了一间重症看护病房,她指着里面,嘱咐道:"你轻声点,不要吵他。他状况不太好,还在昏迷中。"

孔哲轻轻推门进去。

病床上,杜老头在昏迷中沉睡。他一头白发,比以前更加消瘦,两腮塌陷,本来光洁的下巴上也长出了星星点点的胡茬。他的鼻孔里插满了管子,手臂上插着针,输液管里药水的嘀嗒声清晰传来。

孔哲在他身边坐了下来,一阵难过像电流闪过心里。

从这个和蔼又有点倔犟的老头身上,他不断看到已经去世的爷爷的身影。

"爷爷——是的,爷爷。"

孔哲的爷爷是位老革命,打过游击,走过长征,到过延安,后来进了京城,又南下广东。几经沉浮,一生坎坷,但总保持一份平常心。用他自己的话来说,就是:我们个人太渺小了,人民比天大。

孔哲上幼儿园,因为爷爷的缘故,他成了那所藏在高宅深院里的幼儿园里所有老师的宠儿。爷爷也会时不时抽空去接他回家,他总能看见爷爷苍老的身影站在夕阳下的红墙边等着他。

小学的一天,孔哲忽然被家人从课堂上领走。在医院的一张白色病床上,他最后一次见到了爷爷。就如此刻的杜老头,是一个清癯消瘦、闭紧双眼,不和任何人说话的老头。

"好快,都过去十四年了。"孔哲感叹着。

十四年后,他又能做什么呢? 除了暗暗为可爱的老人祈祷之外,他觉得自己还是那么渺小,像一只在大海里游泳的蚂蚁。

孔哲将康乃馨插在了花瓶里,又给花瓶换了水,然后悄悄离开。

孔哲走出 A 楼的时候,发了一条短信给郑小尘:"我出来了,在刚才我们分开的地方等你吧。"

刚按了一个"发送",他就发现不远处的树阴下站着郑小尘。

郑小尘靠着树干,嘴里叼着香烟。一缕阳光透过树枝的缝隙,在他脚下跳跃着,他用脚轻轻地踢,晃动的光影仿佛他脚下的一只皮球。

"怎么样? "

"我没有去。"郑小尘扔掉烟头,扬了扬刚才隐藏在身后的大把鲜花。

"为什么? "

"我想了想,还是拉上你会比较好! "郑小尘微笑着,嘴角微微上翘。

"我? "

"难道不行吗? "

"我又不认识他! "

"你是我的护法大金刚啊! 有你在,世界大,天地宽,阎王小鬼死光光! "

"靠,你以为我是原子弹啊! "

"你就是! 请吧! "郑小尘一把搂住孔哲的脖子,一高一矮就往 B 楼里钻去。

孔哲歪歪斜斜走着,一路哇哇地叫道:"你这哪里是'请'啊! 简直又是'绑架'嘛。"

橘子郡男孩

No. 15

孔哲和郑小尘来到病房外面,心里忐忑不安,他们实在是找不到令人愉快的理由推开那扇门走进去。

站在门外,他们再次想起馆长躺在担架上的目光,再次想起馆长像一颗南瓜滚下楼梯时自己脸上突起的惊讶和恐惧。

虽然想到这些让他们觉得毛骨悚然,但他们都轻易地掩饰住了。两人在门口像傻子一样呵呵笑了一会儿,又转而"您请""还是您先请"地礼让了半天,都期待着对方的手先去触碰门上那铜质的把手。

孔哲终于忍受不了了,叫道:"你是不敢吧?"

"怎么会!"郑小尘反驳道。

"那你还犹豫!"

"犹豫?我哪里犹豫了啊!大不了被馆长轰出来,然后再在图书馆门口贴满'检讨书'!"郑小尘一脸凛然。

"嗯?就这么简单?"

"再大不了,沿着光华大道上的电线杆一路贴过去!"

郑小尘说这话的时候,显然像一个视死如归的烈士。

"啊,英雄!好气魄啊!"

"那当然!"

"那进去吧?"

"不行啊!"

"你看吧,还是怕,是不是?"

孔哲叉起手,一副鄙夷的神色。

"我才不怕呢!我是为你考虑呢!"

"我?我怎么了?"

"你自己看看吧!"

郑小尘一努嘴,将孔哲的目光引向了某重要部位。

很贴身的一条黑色牛仔裤,但是——天哪,竟然大门敞开!

孔哲像一条灰溜溜的小土狼,立刻本能地蜷缩身体,夹紧双腿。就在他一脸通红,环视左右的时候,郑小尘已经当当地敲响了门。

"等等啊,等等……"

孔哲的话说得像一列不断"突突"冒烟的火车。

就在郑小尘的手垂落的一刹那,他闪电一般拉上了拉链,又迅速扫了扫衣服,变身为直挺挺的乖样小男生,站在了郑小尘身后。

等待。

他们屏住呼吸,仿佛面对的是一道巨大的闸门,一旦裂开一道缝,滔天洪水就将决堤而出。

没有动静。

小心翼翼,再敲。屋里仍没有任何回应。

难道不在?他们回头去看走廊。走廊上此刻空空,从东一眼望到西。

两人凑近,想轻轻推开一条缝,探探里面的究竟。不想,门忽然被拉开了!郑小尘和孔哲惊得都猛然缩身后退。

当他们慌张地抬起头,空荡的楼道里响起郑小尘的惊叫声:

"艾丽斯!?"

"小尘!?"

郑小尘怎么也不会想到会是艾丽斯！

"资料室事件"的第二天，艾丽斯不辞而别，一年多来杳无音讯，怎么会突然在这里出现？她和馆长是什么关系？……疑问像一大串气泡不断从郑小尘的脑袋里涌出来，他感觉渐渐缺氧了。

他使劲地抹抹脸，睁大眼睛，定定神，仍不敢相信眼前的一切。

与此同时，郑小尘听到了叫他名字的声音。那个叫艾丽斯的女孩，脸上的惊讶也非同寻常。

时间停住，仿佛一粒石子忽然穿过如镜的湖面，远处闪过一道光，山色塔影碧波一片凌乱。

"好久不见啊！"

"是啊，好久不见……"

"你……"

"你……"

一时不知从何说起，两人都是一脸尴尬。

孔哲隐约感觉到了这两人的关系似有些特别，他知趣地往后退了退，望着他们，只是微笑。

郑小尘赶紧一把抓过孔哲："这是我的哥们孔哲，这是艾丽斯！"

"你好！我是艾薇，大家都叫我'艾丽斯'！"

"你好！"

孔哲轻轻地握了握艾丽斯伸出的手，感觉她修长的指尖透出一阵清凉。

"什么时候回来的？"

"昨天。"

"怎么也不通知一声，早知道，就去机场接你了！"

"我是临时决定回来的，所以……"

"没事，呵呵，还帮我省钱呢！"

"唔？"

"去机场不是要坐超贵的巴士吗？"

"哈哈，你还在乎这个吗？"

"当然啦！"

"小尘……"艾丽斯的声音忽然低落了下去。

"怎么？"

"噢，没什么。"艾丽斯欲言又止。

"对了，你怎么会在这里？"

"我爸爸病了。"

"你爸？"

"你爸!?"

孔哲和郑小尘指着病房里，不约而同地惊叫了起来。与此同时，他们的脑袋里，馆长的面孔像一道闪电划过。

"对啊，怎么了？"

郑小尘和孔哲面面相觑。

接着，郑小尘小心翼翼地问道："他，他怎么样了？"

艾丽斯的眼泪忽然一下涌了出来："他得了绝症……"

"啊!!"郑小尘一拍脑门，眼前一片昏暗。

"怎么可能呢？怎么可能呢？"

"图书馆的前台不是说馆长还好好的吗？怎么会……"

孔哲明显觉得自己的声音瞬间被冰冻了起来。

"你们怎么了？"艾丽斯有些疑惑不解。

"我们……我们……"郑小尘的话憋了半天，还是吞了回去。

"对不起，我们很难过。"孔哲一边说，一边将鲜花递到了艾丽斯手里。

艾丽斯接过鲜花，她的泪水更加汹涌了，她扑进了郑小尘的怀里，兀自地哭了起来。她的泪水落在花瓣上，像一颗颗晶莹的露珠。

"对不起，艾丽斯，我……"

郑小尘搂紧艾丽斯，用手轻抚她的头发。孔哲看见他嘴角微微翕动，脸上浮现出一种难以言说的痛楚。

就这样，哭泣，拥抱着，互相传递温暖和痛楚。过了几分钟，楼道尽头有绰绰的人影出现，郑小尘这才扶住女孩，轻轻地帮她擦眼泪。

抽泣声渐渐平息，刚经历过内心悸动的女孩仰起头，她甩甩头发，脸上浮现出若有若无的笑容。她要做回坚强的自己吗？

"我没事的！"

艾丽斯这次的笑容很灿烂。孔哲发现她的眼睛像一颗晶莹剔透的葡萄一样，在晨光下闪烁着少有的洁净光芒。而郑小尘则像是《云中漫步》中的男主人公，在凛冽的天气里，呵护着他心爱的宝贝。

"我们进去吧！"郑小尘说。

"我……们？"孔哲说，"好吧。"

推开病房的门，看到两张白色的床、两个白色的单座沙发以及一个米色的三座沙发，两张床之间摆放着好几束鲜花，孔哲认出其中一束是大百合，远远地就闻到了它清凉的香气。但是病床上并没有人，他们的目光越出窗户，阳台上有一个模糊的背影，在晃动。

"爸。"艾丽斯叫道。

阳台上传来的声音并不清晰，好像在墙角转了几个圈才到达耳朵里。

郑小尘和孔哲的心都收紧了。

这个时刻对于郑小尘来说不知道意味着什么，小小的一个意外竟会将一个人的生命过早地驱赶到了尽头。不敢再去深想，感觉身体只是一个空壳，灵魂已经悬挂在了半空。他想，被人扼住脖子向上拎起的感觉是否就是如此。

孔哲走近他，轻轻地拍了拍他的肩膀，然后将他往自己身边搂了搂，郑小尘知道，孔哲是在安慰他，支持他。但是此刻的安慰已经无济于事了——身影晃过阳光刺眼的阳台，门轻轻推开了。

艾丽斯迎上去："爸。"

"啊！"的一声，郑小尘和孔哲都惊叫了起来！

No. 16

出乎意料的是——艾丽斯的爸爸并不是馆长！

那位戴黑框眼镜的、目光威严的馆长即使摘掉眼镜，再添上十年心平气和的生活历练之后，估计也无法有这样一副温和善目的面庞。

艾丽斯的爸爸高瘦的个子，穿着蓝白相间的病人服，头发已经剃光。

他们心中沉重的无以复加的那块石头终于哐当落地，长长地，长长地舒了一口气。郑小尘甚至觉得自己终于洗刷掉了"杀人犯"的罪名，忽然拨云见日，晴空万里。

但是馆长呢？明明说的是这间病房啊，绝对没错啊。

孔哲的眼睛在靠里边的那张病床上慢慢搜索，终于他的目光在枕头边触碰到一件让他心惊的东西：一副破碎的黑框眼镜！

孔哲正想拉郑小尘往那里看的时候，他发现郑小尘脸上的笑容像烟花一样放肆地绽放。随即他迎上去，亲切地握了握艾爸爸的手。

"叔叔好！"

"这两位是——"

"爸，他们都是我在复旦的同学，他叫郑小尘，那位叫孔哲。"

橘子郡男孩

"叔叔好！"

"谢谢你们过来。"

病人的声音很轻，像透明的绿茶一样，越来越清澈，越来越感觉到时间的流逝。饱受了疾病的苦痛之后，也许他想着将更多的力气放在对未来的希望上吧。

"你们都要毕业了吧？"艾爸爸接着问道。

"没有呢，我比他们低一个年级！"孔哲说。

"那你和艾薇是同学？"艾爸爸问郑小尘。

"对！"郑小尘回答的同时，瞟了艾丽斯一眼，他感到自己脸上微微泛红。

艾丽斯立刻躲避他的目光，从柜子里拿出一篮水果走进了洗漱间。当她再出来的时候，她看到只有孔哲陪着她爸爸笑呵呵地说着什么。

"小尘呢？"

"噢，他出去接电话了！"

"哦！"

艾丽斯拉开门，远远地，她看到郑小尘握着手机在楼道里慢慢走来走去。他低头乐呵呵地笑着，但声音隔得太远听得并不清晰。

于是，她便靠在门边，远远地，静静地看着他。

当郑小尘忽然回头看到远处艾丽斯的时候，脸上出现一丝不易觉察的慌乱，然后他简单地对着电话说了一两句，立刻收线，跑了过来。

"你在这里干吗？"

"等你。"

"呵呵。"

郑小尘也靠着墙壁，两人并排而立，望着窗外蔚蓝的天空和远处的树丛——更远的地方隐约可以看到学校那座高高的双子楼，目光向南滑翔就到了橘子郡。

时光错乱，往事一起涌上两人的心头……

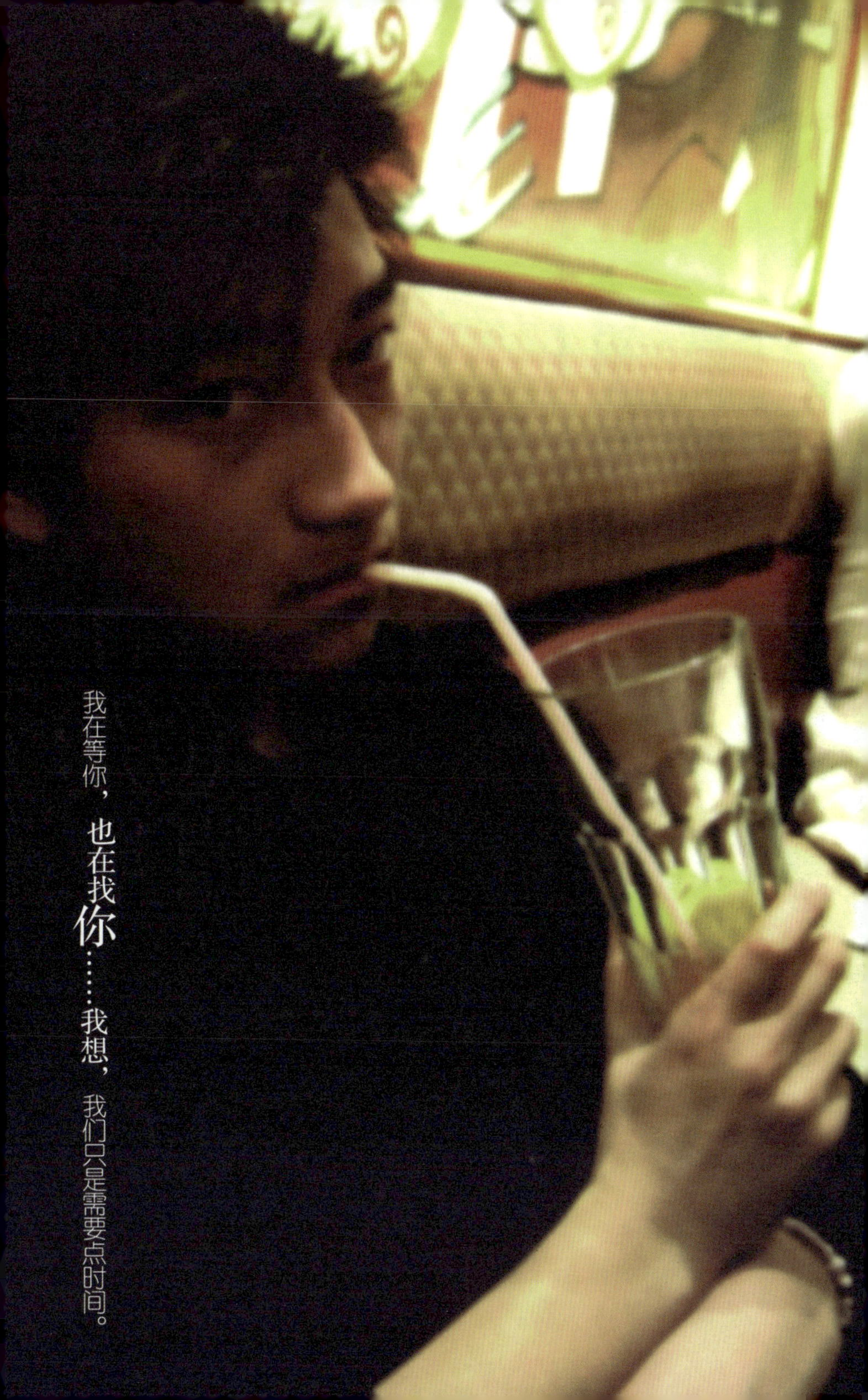
我在等你，也在找你……我想，我们只是需要点时间。

你会真的有胆量去面对么，那个你最熟悉，却也最陌生的自己。

"最近还好吗？"

"还好。"

"以前……"

"以前的事情都过去了。"

"但是……"

"但是那是美好的回忆，不是吗？"

"是啊，美好的回忆。"

"听说，你有女朋友了。"

"唔？"

"害羞了？"

"怎么可能。"

"哈哈！"

"我只是惊讶，你怎么知道！"

"我在国内布满了眼线啊！"

"你……"

"什么？"

"你还爱我吗？"

"这个……不是一切都过去了吗？"

"但是……"

"好好想想现在吧，守住现在才是最重要的。"

"……"

"哈哈，你这个家伙又胡思乱想了！看来，我决定回来不告诉你还是完全英明正确的！但真没有想到会在这里碰到你！——对了，你们怎么会来这里？"

"其实……是我闯祸了。"

"闯祸？"

"我们今天其实是来看图书馆馆长的。"

"啊！原来把馆长推下楼梯的人是你啊！哈哈！"

"你也知道这件事？"

"馆长和我爸住一个病室啊，据说他梦里都在说'世风日下'，'中国的教育出了问题'之类好玩的话，原来针对的就是你这样的俊朗少年啊！"

"啊!?"

"我看，你死翘翘了，等着黑白无常的锁链吧！"

"总不能坐以待毙啊，所以这不是跑来'拜'访了嘛！"

"幸好医生带他检查去了，否则我就看到一场好戏了！"

"所以，我还是先……"郑小尘说着就要走。

"你干吗？"

"溜之大吉啊！"

"溜了，小命就更不保了！"

"那就让暴风雨来得更猛烈些吧！"

"好吧，我看你如何接招！"

郑小尘和艾丽斯走进病房，孔哲不知道动用了什么能耐，惹得艾丽斯的爸爸在那里开心大笑。

"你们笑什么？"艾丽斯走过去，将垫在爸爸身后的枕头往上拉了拉，问道。

"'一切听从老婆指挥'，哈哈，真好玩啊！"

"孔哲，你说的是陈希然教授？"

"是啊，是啊！你也知道他吗？"

"哈哈，他不是法学院的嘛。"

"对啊，我就是法学院的啊！他的伟大事迹都是靠我们这些见证者口头传诵、发扬光大的啊！"

"那还有什么，给我也说说看！"

"哈哈，当然还有好多呢……"

两人正说得起劲，郑小尘忽然插话进来：

"艾叔叔，您好好休息，我们有点事要先走了！"

他偷偷拉孔哲的衣服，示意他立马走人。

孔哲一愣，一脸尴尬地被郑小尘从沙发里拉起来。但他还算机灵，看到郑小尘眼睛里诡异的光，立马对艾丽斯和她爸爸说：

"对了，还有个朋友在门口等我们呢！我们改天再来看叔叔！"

"好的，你们去忙吧，谢谢你们来看我！"

"不谢。叔叔多保重身体！"

郑小尘望了艾丽斯一眼，轻轻地关上了门。

走到电梯口，走廊的另一头，远远地传来馆长和别人打招呼的声音。

"好惊险哪！"

"有什么惊险的？他不正是我们来的目标嘛！"

"情况有变。回去再说。"

"好吧。不过此行收获很大啊！不错！"

"收获？什么收获？"

"见到了你的老情人啊！"

"谁说的！我们只是认识而已！"

"还想狡辩？——她还真漂亮，我喜欢！让给我好吗？"

"靠，想得倒美！"

"你都有佩佩了！"

"不给！"

"要不，你把佩佩让给我也好啦！哈哈！"

"靠，你不想活了吧！我看你不要回了，直接去太平间待着算了！"

电梯闭合的时候，监控室里有人看见电梯里两个男孩互相挥动着拳头，画面轻轻地抖动，但随即看见两张笑脸正张牙舞爪地面对着监视器，像两只卡通大青蛙。

No. 17

还在出租车上，他们远远地就看见桑佩佩站在橘子郡门口等他们。

阳光还是很强烈，但在树木的悠长的阴影下，桑佩佩就像一湾沉静的湖水。也许等累了，她斜斜地靠着树干，蔚蓝天空上飘扬的白云将她的目光引向不可知的路途。

出租车一停，桑佩佩就奔了过去。

"你们干吗去了，要我等那么久？"

"见馆长去了啊！"

"啊，怎么样啊，怎么样啊？你竟然能全身而退，难道有奇迹发生？"

"哪有奇迹！小命差点注销在他手上！"

"哈哈，被他用扫把打出来了吧？"

"是啊，被他用扫把追得我差点从楼顶跳了下来！"

"啊，那为什么最后没有跳呢！跳下来，多好玩啊！"

"靠，你安的是什么心哪！这么急着改嫁啊！"

"哼，旧的不去，新的不来！"

"好吧，那我重新去跳一次好了！"郑小尘边说边往回走。

桑佩佩并不着急,叉起双手,冲郑小尘叫道:"敢,你就试试!"

"有何不敢?" 郑小尘并不理会,偷眼看了一下,继续往前走。

"郑小尘。"

郑小尘仍然没有理会。孔哲在桑佩佩旁边站着,看着这两人演戏,觉得好笑。

"郑小尘,你再不往回走,我可要说了!"

"懒得理你!"

"郑小尘!我怀孕了!"

天哪!听到桑佩佩这样大声叫着,郑小尘差点没有跌倒在地。他几乎如闪电一样往回跑,上气不接下气地冲到桑佩佩面前。

"姑奶奶!不要跟我开玩笑好吗!"

"哼!"

"这样的事情即便有,也不需要在马路上广而告之好吧!"

"哼!"

"姑奶奶,你可不要吓我!"

"靠!敢做就要敢当!"孔哲在一边揶揄道。

"怎么可能!听她瞎说呢!我们的爱情是纯洁无瑕的,是不是?"

"去死!懒得理你!"桑佩佩推开郑小尘,头也不回地往橘子郡里走去。

"你小子还是早点当爸爸的好,省得一不小心同时成为两个孩子的爸爸!"孔哲拍拍他的肩膀,"走啊,回去啊!"

郑小尘一声叹息,若有所思地被拖拽着。

细碎的阳光洒在地面,人像走在时间的斑点上。两人忽然抬起头,路两旁的橘子树上,已经是硕果累累了。

两人回到各自的房间。

孔哲听到隔壁并没有吵闹声,微笑着倒向宽大柔软的床。他觉得好累,想将自己关进梦里了。

脱掉衣服,他给郑小尘发了一条信息:本少爷太累,想睡上一会儿,勿扰。

还来不及关上手机,一条短信便迅速窜进来。轻快的音乐声中夹杂着沉闷的震动。

他极不情愿地爬起来一看——苏窈窈!

二十分钟后,孔哲准时出现在"卡酷"。

那个地方在国定路、邯郸路路口,两层的小楼覆盖着藤蔓,透明的落地窗使幽暗的咖啡饮者忽远忽近地将自己和外面的世界联系在一起,这里是众多外国人和本土小资聚集的地方。

孔哲找到了苏窈窈。她杯里的果汁快要见底,旁边的烟灰缸里,烟雾缭绕。

"好女孩不抽烟。"孔哲一边坐下来,一边将烟灰缸里的冒烟的烟头用力掐掉。

"嘿嘿。"苏窈窈发出清脆的笑声,手里的杯子遮掩了脸庞,她的眼神在玻璃后面一片浑浊。

"你找我来……"

"没什么——我只是想对你说一声对不起。"

"……"

孔哲看看苏窈窈,然后低下头,他的手轻轻摩挲着玻璃杯。杯里的清水微微荡漾,幽蓝的灯光在水中投下阴影。

"你和子奇……我知道你们之间肯定有误会。"

"关于这个,我不知道说什么。"

"我也不知道从何说起,希望你原谅他。"

"我没放在心上。"

"嗯,没放心上就好,我回去会再和他说说。"

"不要再说了,就当这些事情从来没有发生过吧!"

"好吧。"

"哈哈,能否换个话题啊,最近见你都是板着脸,干吗?哈哈!"

"他……子奇要出国了。"

"出国?"孔哲停顿一下,慢悠悠地说,"他不是说不去英国了吗?"

"不是英国。"

"那是哪儿?"

"埃塞俄比亚。"苏窈窈一声苦笑。

"有趣。"

"是吗?你也觉得有趣?"

"非洲不是一个好玩的地方嘛!"

"呵呵,是吗?"

"他去干吗?"

"也许真的是去玩,或者顺便去参加了一项医疗援助项目。"

"去多久?"

"一年或者两年。"

"你也去吗?"

"我?你在说笑吗?"

"你越来越严肃了哦!"

"怎么可能呢?看来我们是好久没有这样坐下来好好聊聊了。"

"嘿嘿,大家不是都很忙吗?"

"不是,也许是这个城市、这个大学太大了吧,见一面都很不容易,人与人之间就越来越远了吧。"

"也许。"

"什么时候我们一起去以前住的大院里看看吧,也不知道那棵大榕树还在不在。"

"好啊。"

"真好!"

"一不小心我们都长大了。"

"是啊,越来越大——但是快乐也越来越成为一种奢侈品了!"

"呵呵。"

"希望我们都能快乐起来呢!"

"会的,我相信!"

两人在"卡酷"坐了整整一个下午。临近晚饭的时间,苏窈窈站起来要走。

"不一起吃饭吗?"孔哲问道。

"不了,我和子奇约好了一起吃饭的。"

苏窈窈冲孔哲笑笑,然后说:"小子,赶快找女朋友吧!否则怀疑会越来越多的!"

"多谢您的关心,本人正囤积居奇、待价而沽!"

"好啊,我今晚帮你在鹊桥版挂牌去!看你卖个什么样的好价钱!"

"没问题!一定要说我是超级帅哥啊!"

"当然!"

"哈哈!"

孔哲将橘子汁喝完,才一个人起身离开。

天色已经黯淡下来了,远远地看见巨大的双子楼开始向着四面八方闪烁它无与伦比的光芒。"FUDAN U 100"六个英文字母和阿拉伯数字在楼面上不停穿梭,展示着这所著名大学的 100 年的古老与超越 100 年的辉煌。孔哲听到了路人啧啧的赞叹,同时也闻到了这个城市与生俱来的奢华气味。

No. 18

虽然已经很累，但孔哲还是决定走回橘子郡去。

白天阳光很充足，但是晚上并没有过多的月光。路灯发出昏黄的光，树杈在地面上落下轻薄的阴影，他把在幽暗的灯光下独自行走当作一种难得的快乐。

"长大以后，快乐便成了一种奢侈品了。"

孔哲掏出手机，打上这行字，将它存在手机里，然后他关上手机，屏幕的光灭掉，他觉得自己完全自由了。

走到操场附近，他决定不急着回橘子郡去，他想在那宽阔的草地上独自躺一会儿，他想展开身体，让有星星的天空整个地压下来，覆盖自己，就像一床天鹅绒的被子。

草地上竟然空无一人，安静极了，有流星划过，很快消失不见。

孔哲闭上眼睛，青草的气息弥漫，有天籁在耳边回旋，同时感觉到泥土里有无数友好的小动物在向他靠近，聚拢，并守护着他。他都快要睡着了。

孔哲真的在草地上睡着了。

孔哲醒来的时候，天空已经布满了星星，没有月亮，也没有月光。

远处有人影晃动。孔哲爬起来，清理掉沾在头发上和身上的草。他忽然觉得饿了，想想发现竟然没有吃晚饭，饥饿来得很快，驱使他在草地上跑起来。远处橘子郡发出的光他并没有看见，但是房间里的食物像磁铁一样，吸引着他。

他刚跑到草地边缘，就看到不远处的树丛边出现了一个熟悉的身影！他晃到沙坑的双杠边，侧身再仔细一看，那个身影竟然一分为二！不远处的灯光晃在他们脸上，孔哲认出伏在郑小尘肩头的就是早上见过的艾丽斯！

"天哪！世界即将大乱！"

孔哲叫出声来，但幸好没有被他们听到。趁郑小尘和艾丽斯的身影在黑暗中仍像一块磐石的时候，孔哲猫着腰迅速跑出了操场。

孔哲回到橘子郡，他看见郑小尘的房间没有亮灯。

他去洗了澡出来，桌上的表显示已经九点了。他走到走廊上，敲敲隔壁房间的门，漆黑一片，无人应答。

他退回来。关灯，睡觉。

不知道过了多久，他睡得迷迷糊糊，有人重重地敲门。

他去开门，手机响个不停，一看，是桑佩佩。然后他就冲着门喊：

"靠，叫我开门就可以了，还打个屁的电话啊！"

门开了，没有想到不是桑佩佩，而是郑小尘。孔哲将自己的电话递给他："喏，肯定是找你的！"

郑小尘接过电话一看，轻松的表情立刻消失了，但他的嘴巴里说出来的话却依旧轻松："亲爱的……"

"你是猪吧！"

电话那头仿佛冒出火来了，孔哲听到桑佩佩的声音在电话线里万箭齐发。郑小尘尴尬地看了看孔哲，然后半掩住话筒，细腻的政治工作开始了——

"我晚上和小哲在一起啊！……哪能呢！……我向你保证，我一颗心向着太阳，太阳就是亲爱的你！……还不信啊，姑奶奶，不信你就问孔哲好啦！"

郑小尘将电话递给了孔哲："你接，告诉她，我们今天晚上一直在一起！"

"啊——"孔哲六神无主，他捂住话筒，惊讶地叫了起来，"你这不是害我嘛！"

就在孔哲即将说话的时候，郑小尘凑到孔哲的耳边："就说我们去见杜老头去了！"

孔哲刚拿起电话，桑佩佩就叫道："哎，怪不得人家怀疑你们俩，每天都黏在一起！要不，小哲，你做个名正言顺的二房吧！"

"靠！你疯了吧！如果你都这样说，那我就无语了！"

"哈哈，开你玩笑的呢！"

"这种玩笑有一次也就够了，开多了，影响人民内部的团结！"

"好吧！我相信你呢！"

"哈哈，这样多好啊，团结才是力量嘛！"

"那你们今天晚上干吗去了呢？老实交代，否则团结就是暴力！"

"我们……去行贿啦！"

"行贿？向谁啊？"

"馆长啊！"

"你们白天不是去了吗？"

"中午去的时候他不在，去做身体检查了，只是把鲜花放在他病房里。晚上去，是想老老实实道个歉的！"

"馆长没有臭骂你们吧？"

"当然没有——好啦好啦，明天叫小尘当面向你汇报！我都睡着了，被你们吵醒！"

"睡着啦？"

孔哲一不小心说漏了嘴，立马补救道："是我现在都快要睡着了，累死啦！"

电话那头终于传来桑佩佩快乐的笑声："哈哈，多谢英俊潇洒、玉树临风、无与伦比的小哲！好好睡觉吧！告诉那头猪，要他明天下午来找我！"

"好哦！你不再和他说话了吗？"

"完全没有和他说话的欲望！"

"好吧，拜拜！"

"拜拜！"

电话挂掉，孔哲终于长长地舒了一口气。

他看郑小尘不知什么时候已经点燃了一支烟，倚在窗口优哉游哉地抽着。

"哈哈，小哲，真没想到你是一个说谎高手！有你运筹于帷幄之中，一切尽在掌握！"

"算了吧你！这次就算了，下次你跪下求我，我也不向佩佩传递假消息了！"

"为何？"

"给我点做好人的机会，少点做坏人的机会吧！我很传统的！"

"啊，你说你很传统？那我只能说自己很'泥土'了？"

"你可是'稀土'，珍贵得很！"

"好吧，好吧，不争了，今天晚上累得难受！"

"哈哈！谁叫你干坏事啊！"

"干坏事？"

"别装了好吧，今天晚上我看到你了！"

"啊——"

"看你，还装！还装！我都看得清清楚楚哦！"

"什么什么啊！"

"丫，还装孙子呢！——悠着点吧，不要捡了芝麻丢了西瓜！何况佩佩其实真的很爱你很爱你！"

"我知道——"

"知道就好。"

"过段时间艾丽斯就会回英国的。"

"哈哈，我忽然想听听你们的过去！"

"孔哲同学，不要好奇好不好！你知道吗？好奇心是魔鬼！"

"你放心，魔鬼不会附到我身上来的！你总不会怀疑我喜欢上艾丽斯吧？"

"有这个可能！"

"那算了！既然不信任就没有什么好谈的了！你可以安心睡觉了，我也可以安心做我的好梦了！"

"好吧，睡觉去。嘻嘻，晚安。"

"晚安。"

郑小尘走后，孔哲竟然翻来覆去睡不着。

过了很久，他终于扭亮台灯，爬起来看书。但是书刚看了一会儿，他又听到了轻轻的敲门声。

"小哲，小哲。"

"靠，你还没有睡啊！"孔哲拉开门，郑小尘穿着内裤、叼着香烟走了进来，"你不是累坏了嘛！"

"忽然睡不着，看到你的房间里亮着灯，所以过来和你聊会儿天，欢迎否？"

"好吧，但保不准我随时会倒下睡着。"

"如果我告诉你我和艾丽斯的事情，你还会睡着吗？"

"哈哈，有这等好事啊，我想我会连续失眠的！"

"那为了你的健康考虑，我还是不说的好！"

"哈哈，我不怕失眠了，你说吧！我……"

"你干吗去？"

"洗耳朵去啊！——洗耳恭听！"

"靠！"

"稍等，嘘嘘就来！"

郑小尘和艾丽斯的故事，孔哲就是这样听来的。

当然，他没有听到那些细节，但他看到了郑小尘脸上的少有的忧郁，看到了他的矛盾和犹豫，感受到了两人之间的在黑暗中若隐若现的爱情。

那桑佩佩怎么办呢？

孔哲在郑小尘断断续续的讲述中竟然真的倒在床上睡着了。

No. 19

　　孔哲在清晨的鸟叫声中醒来，揉揉睡意蒙眬的眼睛，他发现郑小尘竟然在他身边睡得正香。这个家伙竟然没有回自己的房间。他的半张脸陷进松软的枕头里，另外半张脸看起来像一个陶瓷娃娃。他的身体蜷缩在一起，像婴儿一样，在一个人的王国里守护着自己。

　　孔哲小心翼翼地爬下床，闪身进洗漱间。

　　扭开龙头，温水喷射出来，他将整个身体都置于一种丢掉意识的状态，水流将身上的疲惫和昨夜的忧虑全部冲刷干净。

　　他围着浴巾赤脚走了出来，打开窗户，鸟叫声像潮水一样涌了进来。郑小尘醒了，他半睁着眼睛挣扎起来，不知道自己身处何地。

　　"嗯，我怎么会在这里？"他问道。

　　"哈哈，你是不是经常会出现在陌生人的床上啊！"

　　"哪有的事！——哦，想起来了，昨晚和你讲故事来着！"

　　"今天你得重新讲一遍，后半截我的耳朵和脑袋都罢工啦！"

　　"好话不讲第二遍！"

　　"那好吧，我也来个'好人不做第二次'！"

"你什么意思？"

"难道你不准备再次去看望馆长了吗？"

"哦，我都忘记这件事情了。小哲，你不去我就死定了！"

"是吗？我有那么重要吗？"

"当然！"

"好吧，你掂量一下，再决定是否让我们一起温习一下遥远的过去的某个晚上的那个无比浪漫、又无比凄美的故事吧！"

"好吧——但是说好了，你要陪我去！"

"要不一会儿就去，宜早不宜迟！"

"大哥——现在才八点半，我还想再躺一会儿呢！"

十一点钟，郑小尘和孔哲再次出现在了长海医院 B 楼的 1304 门口，每人手里一束鲜花和一个装着葡萄、苹果、火龙果、荔枝、香蕉的水果篮。也许是在路上已经商量好了细节，并且对此已经有过充分的演习，所以他们泰然自若地敲响了门。

当当。当当。

开门的是艾丽斯。

"你们……"

"哦，我们来看看叔叔，还有——馆长。"郑小尘扬起手中的鲜花和果篮。

艾丽斯一听就笑了，将他们让进来。艾丽斯的爸爸看到郑小尘和孔哲来了，非常开心，立马掀被下床来。

"馆长呢？"郑小尘凑到艾丽斯耳边小声问道。

"他在卫生间，一会儿就出来了。"艾丽斯也小声答道。

郑小尘和孔哲将果篮放在茶几上，艾丽斯将花瓶里的花换掉。孔哲喜欢新鲜的百合，在他的眼里，白色是一种有魔力的颜色，能让人的心情简单明净起来。

"艾叔叔，今天我们一来是看望您，二来是看望一下和您同住在这个病室的于教授，他是我们学校图书馆的馆长。"郑小尘小心地说。

"哈哈，我知道，小薇昨天晚上都已经和我说了。你放心，没事的，老于是个很好的人呢。再说，如果需要，我会助你们一臂之力的！"

"真好！"孔哲跳起来，对郑小尘叫道，"我说了吧，艾叔叔是个通情达理的人！"

"我知道，要不你那么起劲啊！"

郑小尘假装轻轻地呵斥，孔哲立刻噤声不语，但他脸上堆起的笑容预示着他对事情的发展抱以乐观态度。

"呵呵，多谢艾叔叔！"

"不谢，主要靠你们自己！加油！"

正在这时，卫生间的门咔嚓响了，头发变得很短、换了一副金丝边镜的馆长走了出来。

孔哲见了就想笑，靠，现在馆长真像图书馆中庭花园里那尊严复塑像啊！但此时调侃就非同小可，郑小尘不是说他的小命都在馆长的手里把玩着吗，所以孔哲几乎和郑小尘同时从沙发上站起来，说道：

"馆长好！"

"唔，是你们啊！"

馆长大概这一辈子都不会忘记这两位了。一个其实他早就知道是孔副市长的儿子。校长打过电话给他，希望他安排一下孔副市长的儿子在图书馆做点"有意义的事情"。他细心打理了此事，能不认识那位公子哥吗？而另一位让复旦图书馆遭遇了一百年来的第一次"地震"，第二天又让他以类似一个大西瓜的命运差点因公殉职。

此刻，这两个男孩同时出现，他的怒气忽然被另外一点什么东西中和了，他甚至有点无所适从、不知所措。但他毕竟不再是靠脸面和虚荣活在这个世界上的人了，刚才在卫生间的镜子前看到自己发丛里冒出来的根根白发，他终于开始羡慕那些青春年少、懵懂无知、激情飞扬的年轻人了。

"馆长，对不起！——希望您原谅！"

馆长没有说话，他冷冷地看了郑小尘一眼，转身在沙发上坐了下来。艾丽斯的爸爸坐在一旁，微笑地看着郑小尘，目光像柔和的烛火。

"书架的事情，我鲁莽了，还将您弄伤，希望您原谅！"郑小尘继续说道。

"原谅？"馆长忽然又提高音量说，"那怎么样又是不原谅呢？"

艾丽斯以为馆长要发飙了，立刻向她老爸使眼色。而孔哲在一旁，想说什么，欲言又止，此时还是作壁上观的好。

艾丽斯的爸爸将一根烟向馆长递了过去。

"老于啊，孩子能主动来认错就算了！他们这都是第二次来了，上次来你不在，我和他们聊了很多，我看他们还挺诚心的，能认识到错误改正就好，这不也是我们搞教育的目的嘛！"

馆长接过香烟，艾丽斯的爸爸拿起打火机凑过去，帮他点燃。馆长长长地吐出烟雾，然后幽幽地说道：

"算了——这件事情我也不想怎么样去追究了！"

"真的吗？太好了！"

孔哲从椅子上跳起来，叫得比谁都欢、比谁都快，仿佛是他自己在享尽了监狱之苦后忽然获得了特赦似的。大家都抬起头看他，郑小尘两目冲他狠狠一瞪，吓得他赶快低下头，像个孩子，再度噤声不语了。

"不过，得给你留个教训！"馆长招掉烟说，"小惩小戒是必须的！"

"您说，我会认真检讨的！"

"第一，你要认认真真写一份检讨贴在图书馆门口；第二，下个学期你要到图书馆来当义工，我们准备重新整理一下古籍阅览室里所有的书，重新进行编号，这个任务不大不小，就交给你了！"

"啊——"

"哈哈，挺好的啊！在图书馆当义工，很容易就可以看到很多书呢，省得和大家一起抢座位、抢书牌呢！"

艾叔叔在旁边插话，同时，他又给馆长递过去一支香烟。但他哪里知道，郑小尘是那种只会看时尚杂志且随便翻翻就扔进垃圾桶或者插在书架上当摆设的人呢。

"哈哈,小尘,那时候我就省心不少了!"

"你当然得意啦!"

"是你得意吧,都免了沿着光华大道的电线杆一路贴过去!"

"你还记得啊!"

"当然!"

"我的建议不'狠'吧?"馆长幽幽地问道,眼镜之后是难掩狡黠的笑容。

郑小尘虽然觉得这两种"小惩小戒"仍有"荣誉刑"和"劳役刑"的味道,但他知道自己已经再次遇难成祥,所以一张笑脸差点没有把鼻子和眼睛挤下来,回答得也特别的爽快:

"没有呢!多谢馆长大人有大量!从明天起,我一定'改过自新,重新做人'!"

"从明天起?"

"哦,不,从现在起!"

郑小尘说这话的时候,他偷眼看到馆长对着艾丽斯的爸爸笑了,所以他的回答似乎已经肆无忌惮到调侃的地步。所有人都哈哈大笑起来。

郑小尘和艾丽斯四目相对,抑制不住的欣喜和一种叫暧昧的东西在空气中激起看不见的火花。这些孔哲都看在眼里。

No. 20

三天后。

晚上十点,图书馆就要关门了,稀稀落落的人群陆陆续续从图书馆里走出来,灯光从上到下一层一层地熄灭。

最后出来的三个人是:两男一女。

管理员在大厅的玻璃门内时不时走来走去,他似乎已经发现大厦外有绰绰的人影在游来移去。但过了一会儿,他的好奇心已经被瞌睡虫打扰得无影无踪了,留下一盏大灯,把过道的红灯也灭掉,钻进小管理室,呼呼大睡去了。

当然,在他睡眠的这段时间里,图书馆门前发生了什么他一无所知。他只知道这个觉睡得很安稳,在他被闹钟叫醒之前,这座巨大的大厦里安宁得像抽去了空气的玻璃瓶。

他一早起来,收拾妥当,透过管理室的窗,他看到图书馆的玻璃大门上贴着两张纸。他走出去,并不知道反面是什么,但也不能排除是什么什么传单。

他联想到昨天晚上有人在门口鬼鬼祟祟地停留,觉得事出蹊跷,于是迫不及待地打开大门一探究竟。

　　当他站到了那两张纸面前的时候,他有点惊讶。这不是什么传单,也不是什么租房或者抢手信息——而是一份言辞恳切的检讨书!

　　检讨书出现后的一周里,图书馆再也没有出现过那个晚上的三个身影。对于管理员来说,他们消失了,而对于这座图书馆来说,他们已经是这里的主角。

　　检讨书出现的第一天,学生们陆陆续续地从那份检讨书边上走过,或者忽略它,或者被吸引住,或者因为好奇停下来,看上一两眼,然后笑笑,走开。看起来图书馆依旧风平浪静,每一只昆虫和老鼠都在有条不紊地生活着。

　　但第二天,图书馆的管理员就发现玻璃大门前经常会有围观的人群,他们很多人并非要走进这座大厦,而是专门过来一睹那份检讨书的"尊容"。更让他惊奇的是,竟有几个女孩拿来照相机,将检讨书郑重其事地拍了下来。很快,日月光华BBS上出现了好几个标题如下的火爆靓帖:

　　"本校十大帅哥之一的检讨书"

　　"帅哥的检讨书附其人照片"

　　"要想人不知,除非己莫帅!"

　　……　……

　　几乎所有关于检讨书的帖子不到两个小时就冲上"十大",一时检讨书的主人风光无限,几乎无人不知、无人不晓。人们不仅关注主人的英俊外貌,还对他的漂亮的字迹、优美的文笔甚至用纸都津津乐道。

　　这是一个偶像变异的时代。这是一个期待青蛙挂着项链、大象穿着皮鞋的时代。这是一个人人都可能成为娱乐新闻的时代。这是一个三只蝌蚪去餐厅用餐看到端上来一盘牛蛙的时代。

　　几天来的纷纷扬扬仿佛完全置于郑小尘之外,他的生活路线没有半点改变,吃饭,睡觉,上课,下课,离开橘子郡,回到橘子郡……

橘子郡男孩

本来他就几乎不上网,网络上的风雨完全不能侵蚀他。走在路上被陌生人盯梢也早不是什么新奇事了,一切他都坦然面对,淡定自如。反倒是和他走在一起的桑佩佩感觉到了别人火辣辣的目光,她恨不得像阿富汗妇女穿上黑袍,披上密不透风的面纱,或者索性像拉登一样钻进山洞。

周末的时候,孔哲回了一次家,他回学校来的第一件事情就是去医院。

但那个依然阳光暴晒的下午,眼睛眯成一条长长的细线,汗水湿透背后的皮肤,他走向的不是 B 楼,而是对面的 A 楼。

正午的大楼里,安静异常,没有人影的闪动,连电梯的开合都是懒洋洋的,软绵绵的,发出沉闷的声响。孔哲手里的玫瑰还带着露珠,在明晃晃的阳光下,颜色从猩红、低落变成鲜红、明丽、张扬。区别于白和沉郁,在他看来,这大概就是整座大楼里唯一有生气的东西。

然而,一想到"生气"两个字,他又难过了起来,他埋怨自己好几天没有想起这个可怜又可爱的老头了。他不知道此刻的他是生是死,是苏醒着坐在床边看着远处窗外的沼泽地,还是像上次那样无比安静地长睡不醒。

他往楼道的尽头望去,阳光将所有的物品都归为一片虚无的白色或者透明。

移到门口,孔哲觉得心脏跳得厉害,他甚至觉得衣服里掀起了一阵风,整个人都在风雨中摇晃。

"生命好脆弱啊!"他暗暗叫道。

稍微平定了一下心情,他开始敲门。

里面立刻传出一声模糊的"请进",孔哲的脸上绽放出欣喜的笑容。

但推开门,他脸上的微笑立刻消失了。杜老师床边坐着的两个人,竟然是郑小尘和桑佩佩!

"你们……"

"咦,你回来了!"

"小哲!本来想叫你一起来呢!"

孔哲来不及多想，赶紧问道："杜老师怎么样了？"

"还是没有醒……"

"医生有说过什么吗？"

"有护士来过，说她也不清楚，估计凶多吉少。"

"怎么会这样？照顾他的人呢？"

"刚才才知道，他妻子已经去世很久了，只有一个女儿远在加拿大，估计一时半会儿也赶不回来。"

"难道就没有人管他了吗？"

"图书馆安排了一个老师，每天会来一次。"

轻轻的叹息，从孔哲的胸腔里氤氲出来。他走到杜老头的床前，老人眼睛紧闭，清癯的面庞上添了不少灰白胡须，老年斑的颜色渐渐变深，像一块块不断蔓延的苔藓。他的鼻孔里插着氧气管，白色的胶布在他的脸庞上交织为一把小小的叉。

"小哲。"郑小尘的声音。

"嗯？"

"算了，还是让佩佩来吧！"

郑小尘犹豫了一下，转向了身边的桑佩佩。

"我？你要干吗？"

"我们打点水，帮杜老师擦擦脸吧。"

"噢——"

"嗯。"

平时作为大小姐、被人捧在手心的桑佩佩从床底下找到水壶，走出房间到楼道的另一头去打热水。

热水刚打来，就有护士推门进来。

"你们俩又来了啊！"护士对郑小尘和桑佩佩说。

"对啊！"桑佩佩答道。

"杜老师有你们这样的学生，真是幸福！"

"隔壁二床有个老太太，在床上躺了两个月，都没有人来探望过。据说

橘子郡男孩

家里儿孙满堂,有当官的,有住别墅的,有开小车的,但几个儿女谁也不愿意为老太太的住院费埋单!"

"那老太太不得气倒啊?"

"幸亏她早就气得昏迷不醒了,否则醒着真还不如一'走'了之呢!"

"哦——"

"你们把他的身体侧起来一点,我给他打一针。"护士说。

孔哲和郑小尘小心翼翼地将老人的身体侧过来,而桑佩佩则小心翼翼地扶着他脸上的氧气管。

看见药水从针尖里滋出来,桑佩佩立马恐怖地闭上了眼睛。

打针需要褪下裤子。郑小尘看到了老人皮肤上的红色的疮。

"是褥疮。"护士说。

"该怎么办呢?"

"长期卧床的病人,出现这个东西几乎是不可避免的,除非经常翻动他的身体,并经常帮他擦洗身体。"

"啊——"

三个人你看我,我看你,面面相觑。

过了几秒钟,郑小尘望望孔哲和桑佩佩,说:"我们还是做点事情吧!"

"嗯。"

"杜老师他……"护士继续说道,"恐怕时日不多了,所以你们还是叫他的家人赶快从国外回来。"

"时日不多?"

"那是多久?"

"几天,几周,一个月,都有可能,但是不会超过两个月。"

"啊!"

"嗯,知道了。"

针管像子弹一样刺向老人臀部的时候,孔哲看到他的腿微微动了一下。

"天哪,他动了一下!"孔哲欣喜地叫了起来。

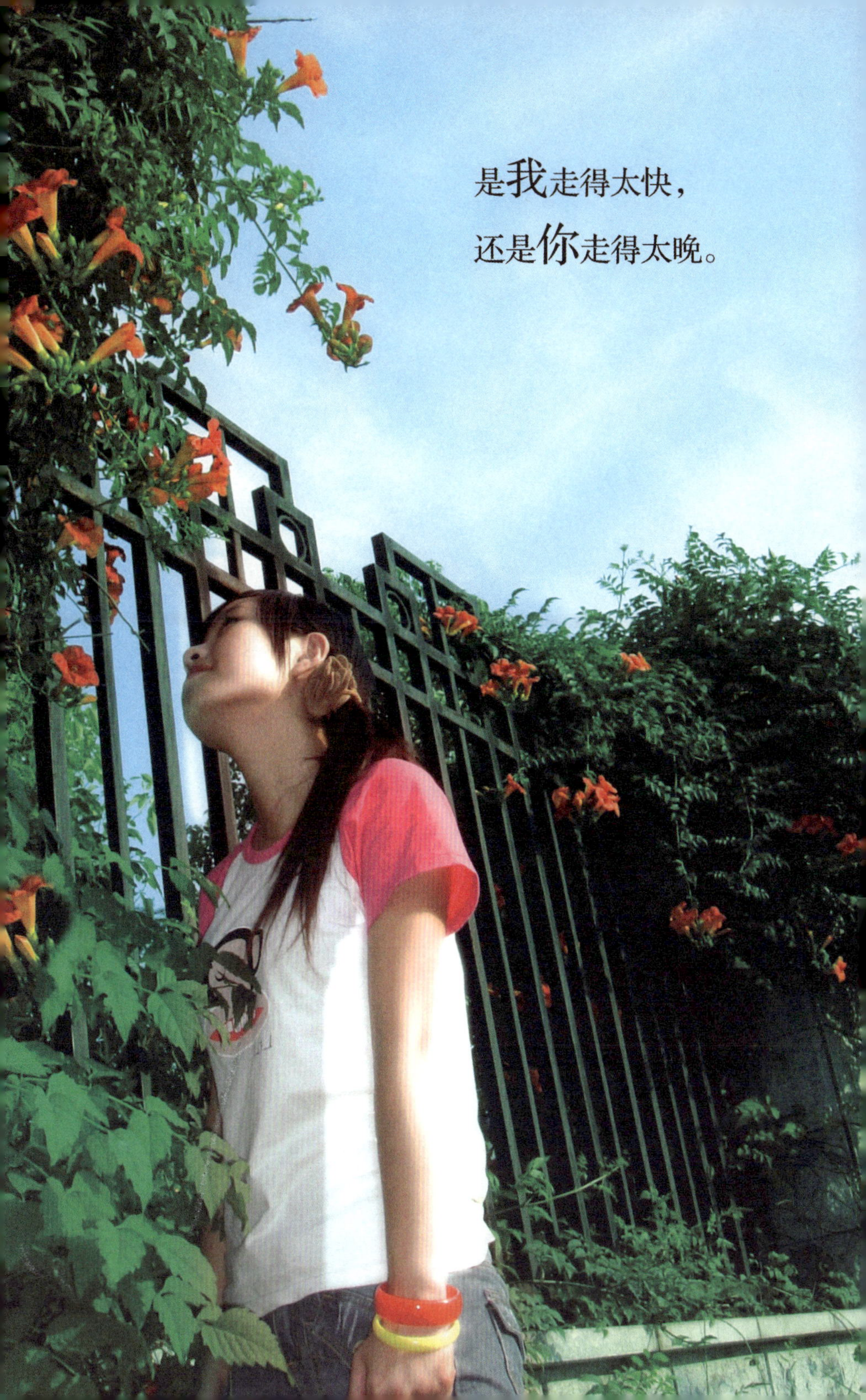
是我走得太快，
还是你走得太晚。

那些记忆，那些攀爬在墙上的短暂时光

"我也看到了！"

桑佩佩拉住郑小尘的手臂，声音高亢得像只求偶的天鹅。

"医生，你看到了吗？"孔哲叫道。

"是条件反射而已。他的具体情况过几天手术之后才能最终确定。"护士说，"你们不要担心了，人一旦老了，生死便由命！所以放轻松点！"

护士走了，留下三个人在房间里低头默不作声。

"小哲，我们帮杜老师把全身都擦洗一遍吧！"郑小尘说。

"啊？"

孔哲听到自己的声音在半空中迅速下坠。

"不愿意？"

"当然不是！"

"那就来吧！"

郑小尘一边说，一边将被子的一头抓住，等待孔哲和他一起将被子掀起来。

"啊，你们真要——这样啊？"

站在一旁的桑佩佩显然被两个男孩的举动给吓着了，她觉得两个男孩完全无视她是一个女孩这样重要的事实。

"你靠边去，坐沙发上，或者帮我们去打水！"

"我……我还是帮你们打水，就在外面看门吧！嘿嘿！"

桑佩佩一脸尴尬的笑容。

"老实点，别偷看啊！"孔哲调侃道。

"我只会偷看你！"

"好了，我下次帮你制造机会。"郑小尘说，"你先去打水吧！"

郑小尘向桑佩佩努了努嘴，墙角一个红色的塑料桶。

"这么大的桶！你们虐待我吧！"

桑佩佩看着那只桶，想象着自己像包身工一样的惨景，脸上愁云密布。

"你是猪啊，不会只提半桶啊！"

橘子郡男孩

"好吧,好吧,我做一个借机减肥的猪吧!"

桑佩佩提着桶,摇摇晃晃地从门缝里闪了出去,两个几乎靠别人照料自己的男孩就开始行动了。

墙角有一只蜘蛛停下吐丝,静静地注视着一切。在它的眼睛里,这个时刻,世界不仅在无数的网之中存在,还多了一丝人间的温情。

No. 21

　　孔哲一个晚上都在做梦,梦里全是爷爷的影子。儿时无数深埋在内心深处的记忆随着梦里的场景一点一点被恢复,被强化,再被雕刻。

　　一大早醒来,他就给爸爸打了一个电话。他也不知道对爸爸说什么,随便对答了两句以后,他告诉爸爸,他准备今天去爷爷的墓地。

　　刚打完电话,郑小尘就推门进来了。

　　"你今天有事吗?"郑小尘问道。

　　"有,怎么?"

　　"能帮我一个忙吗?今天我要去找艾丽斯,所以……"

　　"所以你要我好好看管住佩佩?"

　　"You get the point!"

　　"我今天去我爷爷的墓地。"

　　"啊,那你可以拉佩佩一起去!好吗?"

　　"我无所谓。"

　　"那我和佩佩说去!多谢了,亲爱的好人——小哲!"

　　"嘿嘿。"

郑小尘冲出房间去打电话,孔哲一阵苦笑。

窗台上空空如也,他在想,送给桑佩佩的那盆茉莉花不知道怎么样了,等一会儿见了她,一定要问问。

桑佩佩从家里弄来一辆白色别克。

车开到一半,司机就换成孔哲了。桑佩佩一个人蜷缩在后座,昏昏睡去,等她醒来,车已经停了下来。

墓地远在南汇。

依山而建,临海而居。天色昏暗,云朵低沉,远处的大海呈现一片混浊的黄色。

风很大,掀起孔哲和桑佩佩的头发,他们的心情没有飘起来,反而更加低落了下去。

孔哲一边走,一边感觉到往事将他紧紧地拉住,他甚至觉得脸上有爷爷的手的抚摸,有那种带着冰冷的温度。

其实他对爷爷的记忆少得可怜,他读小学二年级那年,爷爷就悄然离世了。

爷爷的墓地在一个山头与另一个山头的连接处,一块不大的平地,很逼仄的一个角落。一方青草围绕的墓石覆在地上,矮矮的,小小的,几行小字只记录了姓名、出生和去世的年月,没有生平,也没有子女孙辈的名字。

"其实,这里埋的只是他骨灰的很少部分。"

"唔?"

"他的遗嘱是不留骨灰的……"

"但是家人违背了他的遗愿?"

"没有。是发生了一件很巧的事情,说来话长。"

"我想听听。"

"爷爷的遗体火化后,按遗嘱,骨灰要撒到海里。他的骨灰装在一个黄色的锦囊里,里面混合着花瓣,由奶奶、我爸还有我姑姑撒到海里。那时候我还是一个懵懂的小孩，看着大人们悲伤的神情，我只知道在妈妈的怀里哭泣着要糖吃。撒骨灰的仪式结束以后，所有人都回到船舱里，我被骨灰盒里的那个锦囊吸引住了。趁大人们都在安抚被丧夫之痛完全打垮的年迈的奶奶，我缓缓地移到那个锦囊边上，把一只手探进那个锦囊里，摸索着。我迫切想得到一件东西，兴许是我冥冥中知道自己失去了生命中的一件宝贵的东西。你知道我摸到了什么吗？"

"什么？"

"我在锦囊的角落里摸到了一枚牙齿！接着，在另外一个角落里摸到了一些骨灰的碎屑。我母亲看到我把一枚牙齿举起来，在从舱外射进来的阳光下细看，她发出了惊叫声。所有人都聚拢了过来。后来，爷爷的一枚牙齿和骨灰碎屑被留了下来，装在一个玻璃瓶子里，先是被奶奶留在自己的卧室里，奶奶去世后，我们将那个小玻璃瓶埋在了这里。"

"奶奶的骨灰没有葬在这里吗？"

"没有。"

"为什么？"

"她的遗嘱上要求葬回湖南，和她父母葬在一起。"

"为什么？"

"这又是一个很长的故事。"

"我愿意听你慢慢讲。"

"嗯……当时搞革命遭通缉的爷爷被开明的奶奶的父母藏到了他们家的藏书楼上。奶奶经常去送饭，不经意间他们就在那里相爱了。反动派很快发现了爷爷的行踪，半夜冲进来，奶奶的父母将他们转移到后院的枯井里。就在那座枯井里，奶奶和爷爷听到了院子里惨烈的哭叫声，然后是密集的枪声，最后是火光冲天。等他们爬上来，地面上已经是一堆焦土。奶奶的父母兄弟姐妹都死了。奶奶老是说她和爷爷这辈子欠父母、欠兄弟姐妹的太多了，死了以后要永远好好守护在父母身边，以尽最后的一点孝心。说起这些，她老是掉眼泪，于是一家老小都陪着她落泪。"

"你们家的故事好像革命小说。"

"是吗？"

"当然！你说话的样子也好像在写小说。"

"是啊，有的时候我在想，如果不读法律专业，不去做些乱七八糟的事情，也许我能成为一个不错的小说家呢！"

"哈哈，看看你，给你一点阳光你就灿烂啦！"

"哪里啊！我只是实话实说，你不觉得我有这样的潜质吗？"

"我觉得你有当司机的潜质。"

"司机？"

"哈哈，刚才你的车开得多好啊，我睡得好舒服呢！"

"哈哈，那你和小土猪请我开车吧！"

"好啊！"

"不过我的薪水会要求很高哦！"

"那算了，我付不起！再说了，市长的公子竟然成了我家的私人司机，那肯定会上头条新闻的，我可不想天天被人扛着摄像机追来追去，最后一不小心成了戴安娜王妃啦！"

"呵呵。"

孔哲抽出两枝玫瑰，撕开花瓣，轻轻地撒在墓石上。

很快，风将花瓣吹散，墓石上显露出一片空白，只有逝者的名字闪进两人的眼睛里："孔语罕（1912~1986）"

"你在想什么？那么忧郁？"

"没什么。"

"……"

"我在想，什么时候去看海。"

"看海？"

"不是我们刚看到的海。"

"我想去青岛——喜欢那里的海，爷爷的骨灰也撒在那里。"

"你真是一个好孩子！"

"呵呵，是吗？"

"你对亲情有一种浓烈的牵挂。"

"我这个人还算好，不偏激，对人总是抱着一种感恩的态度。"

"就像你对杜老师？"

"杜老师是个很好很好的老头，我很敬重他，他教会我很多东西，在他身上我也看到了我爷爷的影子——我爷爷一辈子都是一个好人。"

"真羡慕你有这样的爷爷，也羡慕你内心有一片净土。"

"你也有，每个人都会有一个不太为人所知的角落。呵呵。"

"笑什么？"

"我本来以为你会鄙视我的。"

"怎么可能？我崇拜你还来不及呢！"

"在我看来，你是这个世界上仅次于小尘的男生！"

"靠，你这是什么赞美啊？"

"情人眼里出西施，你都仅次于'西施'，已经不错了好不好！"

"那你是谁？吴王吗？"

"我？哈哈，我也不知道我是谁！反正我就是你们的统治者！"

"小小女子，好大的口气！太骄傲自大了，小心丢位亡国！"

"哼！普天之下，莫非王土，率土之滨，莫非王臣，朕不怕！"

"呵呵，你悠着点吧！"

孔哲望着古灵精怪的桑佩佩，露出一丝让人琢磨不透的神情。

他低下头，坐在台阶上，点燃一支烟。桑佩佩陪着孔哲坐下来，她难得安静下来盯着远处。

远处，大海尽头有细细的一条黄线，在地平线和白云苍狗之间，若隐若现。

听不到潮水的声音，风鼓满了整个耳朵。

No. 22

孔哲和桑佩佩回到橘子郡的时候，郑小尘还没有回来。

将桑佩佩撂回郑小尘的房间，孔哲钻进浴室，开始将自己放在莲蓬下冲洗。

他将水瞬间开到最大。激流在他的脸上扫荡，犹如一场没有来由的灾难，沼泽、平原、森林、鸟群以及人面都立刻消失不见……巨大的破坏性让他逐渐感到精疲力竭的自己在废墟上得到了重生。

澡洗了整整一个小时，直到他失去了勇气和体力，才裹上浴巾，头发湿淋淋地走出来。清爽过后的疲惫让他一下子就跌倒在床上。

闻着被子上的阳光的味道，他感觉到自己仿佛就沐浴在煦暖的阳光下。他尽量伸展自己的双手双脚，像一个大大的人字被钉在床上。

不知不觉，他睡着了。

不知道过了多久，他听到了隔壁的说话声。郑小尘已经回来了。他睁开眼睛，看见墙上的钟表指针指向十点。

爬起来，穿上背心和沙滩裤。然后，他扭亮台灯，坐在书桌前，微微叹息了一下,不知道自己该做点什么。他就这样发了一分钟呆,然后他听到隔壁响起了歌声,一个叫小轩的少年歌手的《过云雨》。他操起笔,在纸上迅速地写下了什么。

过了一会儿,写好了。他细细地看了一遍,淡淡的笑容在他脸上像被水慢慢湮过。

叠成一个三角。

又拆开,叠成一只跃跃欲试的青蛙。

又拆开,叠成一只尾巴翘起的飞机。

他在桌上轻轻地推动着这只没有螺旋桨没有油箱也没有乘客的纸飞机,推啊推啊,推到它从桌沿掉下去,迅速滑翔了起来,直到它一头扎到地毯上。

孔哲捡起纸飞机,四顾茫然。

他忽然想到书架后那个隐蔽的暗橱,顾子奇曾将一个精致的盒子藏在里面。

他将书架最低一格的书小心翼翼地移走,隐蔽的暗橱显露了出来。孔哲伸进手去,敲了敲四壁,坚硬的砖头的声音,手生生地疼。

他将台灯移近,发现木板上有两个蝇头小字正对着他惊异的目光。

"子——衿——"孔哲很费力才将它们念出来。

"子衿,子衿……"

似曾相识,但一下子想不起在哪里看到过。孔哲在房间里走来走去,不断念叨这两个字。末了,他又将它在纸上写下来。

这时候,有人来敲门。

他迟疑了一下,还是将刚折好的那架纸飞机放进了暗橱里,然后他小心翼翼地将书放回原处,跑去开门。

"小哲。"

门一开,他本以为是郑小尘但却是桑佩佩。

"我今天晚上睡你这边了,好吗?"

桑佩佩的神情有点颓然。

"啊,你什么意思啊?"

"我的意思就是说,我今天借宿在你的房间了,希望你老人家恩准!"

桑佩佩说着,嘴巴一歪,眼泪就要落下来了。

"怎么了,怎么了?郑小尘欺负你了?"

桑佩佩轻轻摇摇头,泪水真的顺着脸颊,滑了下来。

"到底怎么回事啊?"

"他……"

"他怎么了?!"

桑佩佩忽然被悲伤攫住了,哽咽得说不出话来。

"你待在这里,我找他去!"

孔哲刚愤然起身,郑小尘就出现在了门口。孔哲刚装出的兴师问罪的样子,忽然松垮了下来,他不知道自己该问什么,他甚至觉得自己在这个时刻出现似乎是一个不小的错误。

"你们——怎么啦?"孔哲的疑问中带着一点犹豫。

郑小尘没有理他,他走过来,坐在桑佩佩旁边,搂着桑佩佩,轻轻拍她的背,说:"不哭,不哭,不哭……"

桑佩佩在他的安抚下,哭泣的声音更厉害了,就像一个失去了喜欢的玩具的孩子,顷刻间对所有人都有一种看不见底的仇恨。

"我看不懂你们,唉,你们俩好自为之吧!"

孔哲推开窗,在一边淡淡地说道。

"关上窗吧!"郑小尘回过头来。

"唔?"

"难道你想让所有人都听到?"

"哦!"

听到郑小尘的这句话,孔哲一愣,但他立刻听到桑佩佩的哭声戛然而止。

"哦,不哭!"郑小尘继续抱着桑佩佩,安抚道。

关上窗户，孔哲说："呵呵！你们俩真好玩，没事竟然用吵架来调剂平淡的生活！"

"对啊，谁叫我们的生活没有你丰富多彩呢！"郑小尘笑道。

"还不丰富多彩啊！你没有去 BBS 逛吧，关于你的回忆录都可以编成一本文集了！我仔细读了一些，发现你们的生活真是好玩啊！"

"什么？ BBS 上有人在说我？"

"是啊！"

"怎么会？"

"你忘记了你在图书馆门口贴的那篇宏论吗？"

"难道成了大家饭后的谈资了？"

"那是当然！这是一个信息共享、传播迅速的时代，一张小纸条没准就让你成了全校全上海全中国全世界的名人！"

"真是无聊！"郑小尘停了一下说，"他们说我什么了？"

"都是说在某某场所某某场合遇到曾经的你，为你的帅气所征服，为你的才气你的魅力所赞叹！"

"哈哈，我有那么红吗？"

"你不仅红，都已经紫了！——对了，我今天才知道原来你以前在学校弄过一个乐队！"

"那是很久以前的事情了。"

孔哲清晰地听到郑小尘长长的叹息。

"不要放弃咯，以后我来作词，你来负责作曲吧！哈哈，我的虚荣心在蠢蠢欲动，也想弄歌曲玩玩！"

"嘿嘿。"

郑小尘歪着头，向上弄了弄头发，然后紧紧地贴住桑佩佩的脸，唇在她的发间慢慢移动。

"不哭了，不哭了……"他再次像梦呓一样，重复着这句话。但是他的眼睛盯着地上的一角，一片迷茫、空洞。

桑佩佩在他的怀抱里挣扎，郑小尘放开她。

她冲向孔哲的床，拿起纸巾，擦干脸上的泪，然后趴在床上，抱紧枕头，将单薄而冷漠的背影扔给两个男孩。

"你不会要睡在我这里吧？"孔哲小心翼翼地问道。

没有回答，只是头在枕头上稍微移动了一下。

"如果你睡这里，我睡哪里啊？"孔哲再次问道。

"你睡地毯。"

桑佩佩的声音从枕头里的棉花的缝隙里传出来，低沉，模糊。

"佩佩，走啦，我们回去睡觉！"

孔哲走过去，轻轻地推了推她。

桑佩佩并不理会，把枕头抱得更紧，仿佛她笃定要和郑小尘对着干一场，今晚非要赖在这里。

孔哲低头去拉桑佩佩，他的头一斜，看到了郑小尘的脖子上有一个重重的吻痕，或者那是一个女孩咬上去的吧，就是为了让这个男孩永远记住她，不要在他的世界里丢掉她。

孔哲偷偷地叹息。

他再次推开窗，清新的空气涌进来，他觉得心情忽然变得凉爽了。再看看灯火中的橘子园，黑暗中有果子垂挂着，仿佛能闻到它们内部汁液的芳香。

"小哲，要不你睡我那边去吧！"郑小尘站起来，"我在这边看着她！"

孔哲笑笑："好啊！"

忽然桑佩佩扔掉枕头，叫道："小哲，你不要走，你是这个房间的主人，干吗要离开！你走我就跟你一起走！"

她说完，又重新抓住枕头，将整个头埋进枕头里，似有与外部的声音、影像以及整个世界隔离开来。

郑小尘站起来，经过孔哲的身边，拍拍他的肩膀说："哥们，今晚又有劳你了！"

"啊，你真的要走啊？天哪！"

郑小尘并不理会孔哲的惊叫，他轻轻关上门，走廊里传来他关上另一扇门的声音。

孔哲很尴尬,他足足在原处站了五分钟,他开始想着今天晚上怎么安排桑佩佩。

"佩佩。"

没有回答。

"佩佩,佩佩……"

依旧没有回答。

他没有想到,就是那五分钟的时间,被悲伤和哭泣所摧残的桑佩佩竟然闪进了梦乡。

孔哲想去敲郑小尘的门,但走到门口,他犹豫了。接着,他决定就在地毯上铺上床单睡一夜。幸好已经是夏天了,在地毯上打发一夜,完全没有问题。

床单铺好,四下一片寂静,听到了桑佩佩很轻很轻的呼吸声。她该在梦里很畅快地审判着自己的恋人吧,或者她在他的脖子上,更重、更深、更全然不顾地咬上一口,从此之后,她爱的人的世界只剩下她,而没有其他人。

孔哲想到这儿,笑了。

他就带着这样的笑,一不小心也滑进了梦乡。

桌上的台灯依旧亮着,灯光照耀着—两个甲壳虫和飞蛾夜晚的路途。

半夜,孔哲醒来,发现桑佩佩竟然离开了床,她趴在桌子上再度睡着了。

孔哲去给她披上一件衣服。她的身边,在孔哲留下的那张纸上,桑佩佩在"子衿"两个字之后,写下一行这样的句子:

"青青子衿,悠悠我心。但为君故,沉吟至今。"

No. 23

孔哲一早就有课。他匆匆穿过橘子郡和南区之间的树林,往左一拐,就看见了第六教室的六层大楼。

上公共课是最无趣的,他颓坐在最后一排,想在课本的掩盖下放心大胆地打个瞌睡,但老师的声音大得惊人,竟然将他脑袋里的瞌睡虫全部驱逐了出去。他觉得脑袋里空空的,接着又有什么在轻轻晃荡。

他叹息的间隙,郑小尘的短信来了。

"亲爱的小哲,gets up 啦!"

"早就起来上课了。现在教室里听老师指点江山、挥斥方遒。"

"佩佩呢?"

"还在我房间睡觉吧,你去叫她啊!"

"她能否跟你再混一天?"

"!!!"

"艾丽斯的爸爸病情忽然恶化,已经昏迷了……"

"但是,昨晚的情景你也看到了!如果再发生什么……唉,反正我希望你好好对佩佩,可不能捡到芝麻丢了西瓜!"

"但这是特殊时期啊！艾丽斯一个人不行啊！"

"要不，我去找艾丽斯吧，你留下来陪佩佩？"

"让我想想。"

郑小尘的短信暂时停止了，半天没有声息。

孔哲坐在窗户边，阳光轻扬地射到他的书本上，他就把头都搁在了桌子上，任阳光晒着自己的头皮发麻。渐渐地，他感觉整个身体都失去了重量，灵魂慢慢上升，就在半空飘浮着。

瞌睡虫再次窜进他的领地的时候，他模模糊糊地看到窗外出现了一个熟悉的身影。

"馆长！"他几乎要叫出声来！

馆长终于出院了，看似精神不错，一路上都有相识的人和他打招呼，他也热情地回应。

孔哲给郑小尘发信息："院长出院了。"

这次郑小尘的信息及时到来："我知道了。"

"去医院的事……怎么办？"

"想了很久，还是我自己去吧，但我要先回家一趟。你尽量找个借口带她去玩，我会告诉她我回家了。她还在你房间里睡觉，你上完课早点回去找她。多谢。"

"好吧。我只能试试。"

马上要期末考试了，来上课的同学主要是来探听考试的范围和重点的。但台上的老师忽然话题一转，就讲到"统一中国"上了，一时豪情满怀、唾沫横飞，恨不得一个晚上就将台湾海峡的水抽干，然后由他带领着百万雄师冲到对面去，让红旗再度登顶。

孔哲终于撑不住了，政治类的话题在他的世界里就好像风中的一根羽毛，没有意义，不会在他内心停留。趁老师抓起粉笔，在黑板上画进攻路线图、展示他雄才大略的时候，孔哲抓起书包，从后门溜出了教室。

孔哲回到橘子郡，他看见已经有人架起木梯，在院子里摘橘果了。

红色的橘子带着枝叶从枝头滚落下来，正好落进树下的竹筐子里。他在栅栏边停了下来，就这样站着，微笑着看着丰收的一幕。

当他得意地抬头看着屋檐上飞起的喜鹊，突然瞥见一个推窗望外的脑袋。

他在楼下大声叫她的名字："佩佩——"

这是一个很好听的叠音名，孔哲的声音也足够大、足够动听，引得摘橘子的男孩和女孩都停下来，望着他们微笑。

"能给我一个橘子吗？"

孔哲扶住木栅栏，朝摘橘子的男孩和女孩大声问道。

女孩抿嘴一笑，立刻跳下梯子，从竹筐里拣了一个又大又红的，奋力向孔哲这边抛过来，引得桑佩佩在窗口兴奋地大喊大叫。

"啊，我也要一个！"

女孩笑笑，又抛过来一个橘子。

孔哲接到抛过来的橘子，一边跑，一边大声叫道："谢谢啦——"

孔哲在逼仄的楼梯上奔跑，书包像风筝一样甩向身后，碰触到墙壁，包里的文具发出哗啦啦的声音。

他的脚刚踏上三楼，一只手就出其不意地伸了过来，将两个橘子都抢了过去，随即就听到了桑佩佩银铃般的笑声在楼道里放肆地响起。

"哈哈，有一个是我的啦！"

孔哲上气不接下气地几乎要跌倒在地毯上。但他发现桑佩佩却是万般得意地站在窗口，对着阳光转动着刚从树上摘下来的橘子。

"靠，你是在看哪个橘子是公的，哪个是母的吧！"

"哪里啊，这么漂亮，一看就是母的，公的都是丑八怪！"

"没有公的，母的还生不出来呢！"

"那没有母的，公的也生不出来呢！"

"算了，如果要争下去，估计争到橘子成了化石，我们都没有结果！"

"哼！"

桑佩佩并不理会孔哲,继续朝着橘子露出天真的神情,就仿佛一个未谙世事的孩子,面对着水晶里另外一个闪亮而未知的世界。

"还看啊,你到底在看什么？"

"我在看它是否怀孕了！"

"怀孕？恋爱中的女孩难道就想当妈妈了吗？"

"才不会呢！"

"那是什么？"

"因为今天是本姑娘的生日,也是我亲爱的妈妈的受难日,所以我要知道一个橘子瓜熟蒂落需要多大的勇气和忍耐！"

"啊,今天是你的生日啊！怎么不早说呢？"

"好可怜啊,没有人记得！"

桑佩佩装作"呜呜"要哭,一副楚楚可怜的样子。

"好啦！不要装！你的伎俩,闭着眼睛都能猜透！"

"我有那么嫩吗？唉,看看我这张脸啊,都老得不成样子啦！"

"靠,我要被你们这些自恋狂逼疯了！"

"好吧,疯子,你去叫那个姓郑的起床吧！"

"叫他？"

孔哲倒在床上,一时不知道如何应答。他想到即将发生的不快就要将这个女孩对自己生日的兴奋摧毁掉,感到心脏一阵痉挛。他越来越迫切地想在说话的空当掏出手机,和郑小尘再次商议一下。

"赶快去啦——我今天生日,是老大,你什么都得听我的！"

"你什么时候都是我老大呢！"

"那还不赶快执行老大的命令！！"

"但是……小尘没有给你发信息吗？"

"噢,信息？"

桑佩佩这才从书桌上拿起手机,犹豫了片刻,她神色不安地望了孔哲一眼,按下了确认键。

"咦,果然有一条！"

在桑佩佩读短信的时候,孔哲拿起一个橘子,双肘撑在窗台上。在他的视野之中,墨绿的背景飞散着红色的点缀,仿佛绿色的绸缎上撒满了一颗颗红色的宝石。

"哦,知道了……"

孔哲听到了桑佩佩低落的声音,他回过头想去安慰失落中的桑佩佩,但他却发现桑佩佩弓着腰,像一只小袋鼠蹦蹦跳跳地来到了他的眼皮底下。

"小哲,他不理我,你会理我吧? OK——我们一起去 HAPPY 吧! "

"好呀! "孔哲毫不犹豫地答道。

"好吧,三十分钟以后楼下见! 我们要去疯咯——"

桑佩佩闪出了孔哲的房间。接着,孔哲就听到郑小尘的房间里传出了"哗哗哗"的流水声。

半个小时后,一副外出旅行模样的孔哲出现在了橘子郡门口,他发现桑佩佩早已经在她的白色别克里向他使劲挥手了。

"我们去哪? "

"秘密! "

"好吧,你是老大,我今天就任由你摆布啦! "

"哈哈,任由我摆布? 真的假的? "

"真的哦! "

"那你今天可惨了! "

桑佩佩诡异地一笑。

"不要把我卖到夜店当牛郎就行了! "

"那我可舍不得! 我会叫上一帮姐妹好好享用一下这难得的饕餮大餐的! "

"天哪——我要死了! "

孔哲钻进轿车里,别克迅速启动,将孔哲的整个身体和欢笑的声音都甩向座位后面。

车子跑上高架路，一直往市中心开，看这个样子，是要穿过整个城市，到城市的另一头去。快到人民广场了，孔哲说，你把车从威海路开下去吧，在市政府的旁边停一下，我有一点东西要交给我爸，马上就回来。

孔哲走到一半，转身去"克莉斯汀"订了一个水果蛋糕，说好二十分钟后来取。

孔哲从那座威严的政府大厦里出来，进入旁边的星巴克要了一杯卡普奇诺，小坐了一会儿，心想蛋糕差不多好了，就往回走。中途接到桑佩佩心急火燎的电话。

"你怎么搞的啊，还没有回来啊，你不会要逃跑吧？"

"怎么可能呢？哪里能逃得出您的手掌心呢！"

孔哲的话里带着调侃的味道。

"哈哈，乖就好！快点，快点，车子都要被晒化掉了！"

"马上就来了，稍等一下！"

刚挂掉电话，一个男人忽然走过来问他："先生，请问威海路怎么走？"

孔哲头也没抬："跟我走吧，我也去。"

那人很感谢的样子，递过烟来，问："您是做什么工作的？"

孔哲扬起头，看见远处高大的广告牌，狡黠的眼睛闪了闪，说："雪碧公司！"

那人说："我是新旗人寿的，认识你很高兴！"

"也很高兴认识你。"孔哲说。

"你们的办公地点在哪里？"

这次，孔哲只能闭着眼睛胡诌了："哦……在港汇……"

那人竟然惊叫道："好有缘分哪，我也在那座大厦里！"

孔哲尴尬地看了看那个男人，嘴巴里挤出来几个字："是啊，好有缘分……"

没想到他立刻掏出手机说："这么有缘的话，我们留个联系方式吧！"

孔哲一愣，还是给了他号码："我的号码是?#￥%……—*()(*。"

那人又说:"我给你打过去吧,这是我的名片。"

孔哲连忙说:"我手机调成静音了,我没有带名片。"

…… ……

"克莉斯汀"门口就是威海路,孔哲迫不及待地与那人说"good bye"。

孔哲提着写有"祝亲爱的佩佩生日快乐"的蛋糕刚走出"克莉斯汀",就接到桑佩佩的电话:

"你丫到底在干什么啊?竟把我电话留给什么乱七八糟的卖保险的!"

"嘿嘿。"

"嘿什么嘿!"

"不错的生日礼物吧!"

No. 24

　　桑佩佩看到孔哲带回的是一个漂亮的蛋糕，而不是一个有着三角眼、两撇小胡子、卖保险的猥琐男，刚才在脑中盘旋的"报复计划"立刻人间蒸发了。

　　她跳出驾驶舱，将方向盘交给孔哲，自己脱掉鞋子，躲在后座上，迫不及待地将一双黑手伸向浓香四溢的蛋糕。

　　"你这只猫几百年没有吃过荤了吧？这么馋啊，还没有点蜡烛、唱歌许愿呢！"

　　"好！那就现在点蜡烛许愿，你赶快帮我唱生日歌啊！"

　　"啊，现在？在车上？"

　　"是啊，没有什么不可以！给我火机！快点啦！"

　　车放慢了速度。孔哲看了看不远处虎视眈眈的警察，赶紧将车窗都刷刷刷摇了上来。

　　但那个中午，延安西路上的一个十字路口处，正在值勤的交警还是看到一辆别克轿车模糊的车窗里，闪现出几支生日蜡烛的火光。驾车的男孩一边开车，一边为坐在后座的人唱着生日歌。在他自己的生日也即将临近

橘子郡男孩

的时候，心里升腾起一种莫名的希望——他希望自己有机会参与到那温馨的一幕中去，或者他更希望自己就是主角。

在他看来，无论听生日歌的，还是唱生日歌的，此刻都是幸福的。

绕过依旧繁华的徐家汇，车靠边停下来，孔哲将驾驶权交给桑佩佩，然后跳回后座上，装作看窗外风景的时候，偷偷掏出手机给郑小尘发信息：

"猪！今天是你们家佩佩的生日！！"

郑小尘的电话很快打到了桑佩佩的手机上，幽灵一般的蓝光闪动，桑佩佩反手将手机扔给孔哲："你接一下，我没空理他！"

孔哲"嘿嘿"一笑，按下接听键。

"喂！"

"佩佩——"

"我是小哲，你们家佩佩在开车呢！"

"你们要去哪里？"

孔哲的手指在玻璃上擦拭，嘴角露出一丝微笑。

"我也不知道去哪里啊？我现在是佩佩的奴隶，一切听从主人的吩咐！"

"你要她接电话吧。"

"她说她在开车。"

"好吧。其实我也没事找她。"

"那你在干吗呢？"

"我在医院——小哲，有个坏消息……"

"怎么？艾——她爸爸？"

孔哲差点说出艾丽斯的名字，吓得他几乎要咬破自己的嘴巴。

"不是，是杜老师去世了。"

"杜老师？！"

桑佩佩听到两个人说到杜老头，慢慢将车在路边停了下来。

"杜老师怎么了？"

"他……"孔哲难过得讲不出话来了。

桑佩佩回头从孔哲手里拿过电话："杜老师怎么了？"

"早上他去世了。"电话里郑小尘的声音很低沉。

"你不是回家了吗？怎么知道杜老师去世了呢？"

"刚遇到馆长了。"

"在学校里？"

"我从家里回学校来了，现在医院里。"

"这么快啊？"

"嗯。"

"那么……"

"你们好好玩吧，我只是告诉你们一声！"

"好吧。"

"对了，忘记今天是你的生日了，对不起！晚上我们一起吃饭，好好庆祝一下。"

"算了吧，你忙你的，做你的正事要紧！"

"不要生气，我今天确实有点事情！你们先去玩，等我的电话！"

"再说。"

电话挂断，桑佩佩将电话往座位上一扔，车上的两人各有各的心思，都不再说话。车正好停在树阴下，没有燥热，空气安静下来了。他们一时不知道该如何安排以下的行程。

"我们先去前面的星巴克坐一会儿吧！"孔哲说，"我想吃点东西。"

"好。"

在星巴克，桑佩佩点了一杯冰拿铁，孔哲点了一杯卡普奇诺和两块小蛋糕。

人很少，两人选了一个靠窗的座位坐下来。花花绿绿的人群在他们的视线中仿佛一只只蜂鸟，迅速扇动翅膀，又迅速消失不见。

也许我们就像一只蜂鸟吧，也像它们一样从别人的生活中忽然消失吧,孔哲想。他看看桑佩佩,她在用小勺轻轻地搅动着咖啡,一串串泡沫不断从漩涡深处冒出来。

"一会儿我们去哪里?"孔哲漫不经心地问。

"你说呢?"桑佩佩漫不经心地答。

"今天是你生日……"

"是啊,我生日……但是……"

"什么?"

"我知道你还是想去医院看看杜老师,不是吗?"

"杜老师对我蛮不错的。"

"他的后事学校会安排人处理的吧?"

"嗯。但我还是想去和他告别一下。"

"会安排告别会或者追悼会的吧?"

"应该,但我想自己不该去的那么晚。"

"理解。那我送你去医院吧!"

"……"

"反正郑小尘也在那里,正好晚饭我们可以聚在一块。"

"但是……今天可是你生日!你不忌讳吗?"

"谁说医院就有邪气啦,我们不都是在医院出生的吗?呵呵,其实那里才是真正的纪念地呢!"

"好,那我们去长海吧。"

从星巴克出来,别克车往回返。

天空格外得蓝,白云像空气一样稀薄,车在高架路上开得飞快,高楼大厦的屋顶迅速后退,不一会儿就看到复旦大学那座高耸的双子楼了。双子楼再往北一点,就是长海了。

那里会发生什么,孔哲无法预料,但他隐隐有些不安,甚至有害怕的感觉慢慢在心中滋生。

透过车窗,他的目光在外面游离。

他感觉外面忽然起风了，树木和房屋似乎都在同时摇晃。他转动了一下脑袋，睁大眼睛，然后定了定神，回头问桑佩佩：

"对了，你本来要带我去哪里的？"

"哈哈，我忘记了！"桑佩佩的笑声很爽朗。

"靠，你调戏我吧！"

"不行吗？你今天的'职责'不就是让本姑娘'调戏'的嘛！"

"好吧，看你在郑小尘面前还能如此猖狂！"

"没问题！本姑娘可不是见了'如来佛'就改吃素的了！"

"哈哈！难不成，你要穷凶极恶，把他也吃了？！"

"有这个可能！——他这个大坏蛋，气死我也！竟然忘记今天是本姑娘的生日，也不知道偷偷跑到哪里去鬼混了！"

"呵呵，好男儿志在四方，岂能流连在阁堂……"

"'四'你的头啊！难道你也要三妻四妾、三宫六院吗？"

"哈哈，倒是动过这样的念头，可惜天不遂人愿，梦还没有开始，瞬息之间竟已经是二十一世纪了！"

"乘坐时间飞船，飞到古代去好好享受啊！"

"不错的主意！不过，郑小尘说他也要一起去呢？"

"他？他敢去的话，打断他的腿！"

"唉，这年头，爱护动物观念一增强，自然保护区一扩大，母老虎就会成倍增长，真是危害人间哪，怕怕啊！"

孔哲笑呵呵地，刚要回头看桑佩佩的反应，就感觉眼前黑影一闪，一整块粘满奶油的蛋糕已经飞到了他的脸上……

No. 25

　　迎着炫目的阳光，站在 A、B 楼之间，孔哲才意识到刚才一直在开车，忘记将他和桑佩佩要来长海的事告诉郑小尘了。此刻发信息并不妥当，桑佩佩就在他的旁边——对，今天她是女王——索性打个电话吧。

　　"我给小尘打个电话，看他在哪里。"孔哲说。

　　桑佩佩并没有回答，她笑了笑，但是笑容在嘴角浮动一下，立刻就消失了。

　　她的目光被忽然驶进来的救护车所吸引。从车里推下的担架上，有血肉模糊的身体，更有急促的、凌乱的脚步声，令她惊心动魄。

　　郑小尘的电话无人接听，让孔哲心里有点乱。

　　"怎么？"

　　"没人接电话，可能没听到，一会儿再打——我们先去杜老师的病房看看吧！"

　　"……"

　　桑佩佩几乎是拉着孔哲的衣袖走近那间病房的。她一边走，一边不断和擦过她身边的穿病号服的人目光相对，仿佛在寻找一种生的希望，而非去接近死的噩耗。

　　走到杜老师曾经住过的病房门口，孔哲和桑佩佩回头一望，楼道里忽然变得空荡荡的，人去楼空，灵魂仿佛离开肉体，已经飘荡和弥散在了空气中。

　　倒吸一口冷气，桑佩佩身上所有的细胞都收缩在了一起，她松开孔哲的衣袖，拉紧他的手臂。而孔哲感觉到这只手隔着衣服，将温润的体温和浅浅的害怕不断地传导给自己。

　　孔哲要推门进去的时候，回头望了望躲在身后的桑佩佩，微微一笑，说："没事的！肯定早就被推走了，我们只是看看他住的地方而已。"

　　"嗯。"桑佩佩咬紧嘴唇，眼睛里的光慢慢亮起来。

　　"进去吧！"

　　"好！"

　　孔哲推开门，几缕阳光也趁机从走廊里闪了进去，但两人立刻被眼前的情景惊呆了！

　　人去床空，白茫茫一片。但他们看到，在房间另一头的窗前竟有两个人在拥抱激吻！

　　阳光在他们的周身轻巧地跳跃着，映衬出他们的面庞像两块光洁如新的瓷器。正因为如此的清晰，才有了如此的慑人魂魄，桑佩佩差点在目光相触的一刹那跌倒在地。

　　"小尘！"孔哲在桑佩佩之前已经惊叫了起来。

　　忽然闯进来的不速之客，惊得正在激吻的男孩推开女孩，哑口无言。但孔哲看到此刻在自己面前像风干的鱼一样静静伫立的男孩和女孩的脸上竟然满是泪水！

　　"佩佩……"

　　过了好久，郑小尘才开口叫桑佩佩的名字，他慢慢走到她面前，轻轻地拉起她的手，但迎接他的却是一个响亮的耳光！

　　"嘿嘿……"

感受到脸上火辣辣的疼痛，莫名的微笑在郑小尘的嘴角浮现。他摸了摸自己的脸颊，轻轻地说："她是我前女友，她叫艾丽斯。"

然后，郑小尘拍了拍孔哲的肩膀，目光从孔哲的脸上滑过。穿过泪水盈满眼眶的桑佩佩和不知所措的孔哲，郑小尘拉开门，脚步声很快消失在走廊里。

对于眼前发生的一切，艾丽斯并不动容，她双手环抱自己，蹲在地上，然后房间里传来了她悲痛欲绝的哭声。

桑佩佩的泪水应和着艾丽斯的痛哭声，像珍珠一样滚落下来。只是落泪的女孩并不知道痛苦的女孩之所以痛哭的含义。

孔哲站在两个哭泣的女孩之间，不知所措。他回头去看外面的走廊，有稀稀落落的脚步声，但看不到郑小尘的身影了。他索性把门关了起来，任两个女孩的泪水淹没她们自己。

放任，也许是对一颗心灵最好的救护方法吧。

过了好一会儿，孔哲的电话响了。

郑小尘的声音夹杂着很大的回音，仿佛他在一个密闭的盒子里，只是他没有发出求救的呼喊，而是平静的舒缓的语气。

"今天注定没有好消息。"郑小尘在叹了一口气之后说。

"还有什么？"

"艾丽斯的爸爸在一小时前也去世了……很突然，没有任何征兆。"

"啊？！"

"医院说，她爸爸是自己摘掉了呼吸面罩自杀的，但艾丽斯觉得不可能，于是双方吵了起来……"

"那怎么办？"

"怎么办？我也不知道怎么办，如果我知道怎么办那就好了。"电话里传来郑小尘自嘲的笑声。

但笑声很快消失，孔哲听到了郑小尘的哽咽："你来太平间吗？"

"啊！太平间？"

"我现在住院部 C 大楼的副二楼,我想去看看杜老师,也想看看艾爸爸……"

"你……"孔哲觉得自己的心脏快要从胸腔里跳出来了,但他很快控制住,"你在那里等我!"

孔哲觉得自己的脚步飞了起来, 但他忽然想到自己将两个互相视为敌人的女孩扔在了病房里,他想停住脚步,但是身体已经钻进了即将关闭的电梯里。在电梯即将闭合的一刹那,他望了望楼道里,没有人走出来,也没有人走进去。光和人在电梯闭合的瞬间,都消失不见了。

走进 C 大楼。

是选择电梯还是沿着楼梯走向住院部大楼的副二楼,孔哲犹豫了好一会儿,最后他还是选择了电梯。在他看来,在一个密闭的、清晰的空间里比一个开放的、路径多样的空间要安全得多。但在电梯关闭的瞬间,他本能地感觉到灯闪了一下,仿佛就要熄灭一般,他的心立刻提了起来。幸好灯又亮了,比刚进来的时候要亮好几倍,让他感觉到一切神秘的、恐怖的东西在此刻都无处遁形。

他靠在按键的一侧,忽然不明白自己为什么要来这里。来看杜老师的遗容吗? 来看艾爸爸的遗容? 很快,他确定都不是。现在,他告诉自己,自己真的不知道为什么会来这里。唯一可能的答案就是,郑小尘出现在了这里,而他在接听电话的那一刻,被一种可能叫"勇气"或"人情"的东西打动了。

电梯门"哐"地一声打开,他看到了对面靠墙而立、香烟的烟雾将半张脸笼罩的郑小尘。

"你不怕?"孔哲问。

"怕啊!"

郑小尘将手里的香烟递给孔哲,孔哲叼在嘴上,开始环顾四周。

"怕你还来?"

"你来了,就不怕了啊!"

"原来你是在找一个垫背的!"孔哲说着,感觉一阵寒气已经钻进了衣服里。

"这里比外面凉快多了啊！"

"停尸房能不比外面凉快吗？这里都没有什么活物，再说了，活着的人一般在这里大气都不敢出，呼出的二氧化碳肯定少！"

"那你来这里干吗？增加二氧化碳的浓度？"

"来冷静一下！"

"嗯？"

"其实，我挺难过的……没有想到一天中会出这么多事！"

"是啊，生命就是如此脆弱。"

"我昨天来的时候，风平浪静，艾丽斯的爸爸和我谈笑风生。后来我去看杜老师，护士还告诉我他的情况正在好转，甚至有醒来的可能！可是，一觉醒来，一切都变了。"

"是啊，一切都变了……"

"一切……我和佩佩，还有艾丽斯……有些事迟早要发生的，来得迟不如来得早。"

"但这对佩佩太不公平了吧！"

"公平？不要和我说公平！这个世界本来就不存在所谓的'公平'！更何况我对她们都是真心的！"

"同时对两个人？"

"怎么不可以？同时对三个人都可以！"

郑小尘说着说着，就激动了起来。孔哲从来没有见过这样的处于愤怒边缘的郑小尘，那个对一切都几乎没有热情的花样少年忽然消失了。

"呵呵！我还不知道你是如此博爱的家伙呢！"

"现在你知道了吧？现在你知道我是一个坏人了吧！"

郑小尘狠狠地吸了一口烟，将烟雾猛地往墙壁上喷去，烟雾反弹回来，将两个男孩的世界淹没在一片昏暗的光影中。

"我知道你不是坏人。"

孔哲也学着他的样子，吐着烟雾，但他的语气平淡得就像每天清晨橘子郡里只闻其声、不见其影的鸟鸣。

"哦？你怎么知道？"

"从我看到你的第一眼，我就知道！"

"你是半仙？"

"呵呵，差不多吧。"

"嗯，不错，永远不会失业的职业！"

"嘿嘿，有些东西早就注定，我们都无力去改变；有些东西早就赋予，我们也只有静享上天的恩赐。"

"哦？怪不得你叫'孔哲'呢，天生就是当哲学家的料，虽然你说的话我一直都听得云里雾里的！"

"哈哈，你懂的！"孔哲说完，扔掉烟头，立起身来。

"那还去看吗？"他指了指楼道尽头的"天平间"几个字。

"你说呢？"

"我？我不知道……"孔哲没想到郑小尘会把皮球踢回给他，所以回答得吞吞吐吐，同时他对去那种地方还是感到脊背发凉，"我看你的了，你去，我当然奉陪！"

"真的？"

"你在考验我的勇气，还是考验我的信誉？"

"当然是勇气！"

"那走啊！"孔哲说完，像一个视死如归的战士一样，径直往太平间走去。

在他的身后，郑小尘反方向走到电梯口，按下 1 字键，然后他的声音远远地像一只嗡嗡的蚊子："没有证件，你又不是人家亲属，你去个屁啊！早就说了是来冷静一下的嘛！"

No. 26

　　一路上，孔哲一直庆幸没有证件看不了，否则他也不知道自己最后是泪水盈盈、一腔辛酸地离开，还是被恐惧包裹住，惊魂未定地度过一个失眠的晚上，或者他对脆弱的生命将充满无限感叹。

　　"你把两个女孩留在那里，就不怕她们打起来吗？"

　　郑小尘问他的时候他才回过神来。

　　"我想，她们应该会坐下来好好谈判的！"他答道。

　　"谈判？怎么会谈判呢？"

　　"难不成她们会比武抢亲？我在想啊，她们俩也许已经商量好了一三五归谁、二四六归谁，或者是上半身归谁、下半身归谁！"

　　"靠，把我腰斩了你就开心了是吧？"

　　"把你腰斩了我还活得了吗？不知道会有多少女生发动全球追杀令呢！"

　　"别这样谦虚好吗？你才是真正的王子啊！人帅，学习又好，出身高贵却没有公子哥的习气，你被人追的'优秀事迹'我又不是不知道！"

　　"怎么可能？什么东西都是眼见为实！我的眼前有两个女人在'争夫'，

这真是现代社会的传奇,这也是你的真正魅力!"

"少贫了!你一贫起来,就不帅了,而且好衰!"

"敝人本来就不帅,但也不衰,实力藏在裤裆里,好钢用在刀刃上!"

"哈哈,你这个家伙原来也是'色情派'的啊!"

"'情色'好不好!'情色'和'色情'完全是两个概念!"

"好好好,哲学家又开始讲求概念了,怕了,闪!"

"还是赶快去找佩佩和艾丽斯吧!"

"哎,刚才……你怎么会带她来这个地方呢?也不提前告诉我 声!"

"我们只是想来看看杜老师的病房,来之前给你电话了,你不接。再说了,打死我也想不到你会和艾丽斯在杜老师的病房里,而且还……"

"今天也是昏了头啦!艾丽斯和医院的人吵起来了,我把她拉开,没地方去,于是就带她去了杜老师的病房。其实我也是想见杜老师最后一面,虽然我预料到人可能已经从病房推走了。"

"算了,后悔也没用,你现在好好想想该怎么处理自己的'家务事'吧!"

"啊——啊——啊——"郑小尘像京剧里吊嗓子一样叫道,"我的头都要炸裂了!"

"别告诉我你一筹莫展、不知所措、两眼发黑!据我所知,你该是情场高手了吧,这点小事是难不倒你的!不是吗?"

"不要给我添乱好不好,我哪里有那么龌龊?我其实是个很单纯、很清纯的人好不好!"

"哈哈,你内功真深厚,我只能用'四字真经'应付你了!"

"'四字真经'?"

"对啊,用在你身上特贴切的四个字!"

"恬不知耻?"

"咦,看来你还真了解自己啊!"

"去!你能不能再装装你的……"

"乖乖仔"三个字还没有钻出郑小尘的嘴巴,他就看到前面出现了两个熟悉的身影。

桑佩佩和艾丽斯一起从 A 楼里走出来。在这之前她们肯定是一起离开房间，一起走过长长的走廊，一起看着电梯门"哐"地一声闭上，然后又一起从大楼巨大的阴影里走到郑小尘和孔哲的面前。

郑小尘和孔哲就这样呆呆地看着两个女孩越走越近，看着两个女孩的面目从模糊变得越来越清晰的漠然。

艾丽斯走到离他们四五米的地方停了下来，她的目光还是那般迷蒙，灰暗，没有一点新鲜的颜色。目光从天空上的微云，落在郑小尘的脸上，停留了一小会儿，依旧是没有热度，也没有憎恨。

郑小尘的嘴巴微微翕动，甚至他的手也微微抬了起来，他想说些什么，或者他想……但是一切都中途而止。然后孔哲看到艾丽斯对自己挤出一丝笑容，快速地从身边闪过，没有一丝犹豫，没有半点踌躇，她消失在医院大门外熙熙攘攘的人群里。

而此刻正午的阳光火辣辣地炙烤着大地，浸透着汗水的身体就像在火炉上蒸烤。

在艾丽斯消失之后，孔哲看到身边的男孩和女孩就这样毫无表情地对视着。没有风，但有太多的风云在此刻涌动；没有悲伤，但是有太多的泪水默默地从女孩的眼眶里滚落。

孔哲知道作为一个旁观者，自己能做的有限，或者这就是他不知所措的理由。他的目光在郑小尘和桑佩佩之间慢慢转换，过了好一会儿，眼睛疲劳了，他感觉到它在慢慢充血，使他看起来像一个吸血鬼家族里的王子。于是，他蹲下来，从口袋里掏烟，但他发现口袋里空空如也。他觉得终于找到了打破沉默的契机。

"你们回橘子郡吗？"

没有人回答。

他提高了声调："你们回橘子郡吗？问你们呢！"

"小哲，你先走吧。"他终于听到了郑小尘的声音。

"还是一起回去吧！太阳太晒啦！"

听到孔哲这样一说，桑佩佩抬头看了看火球一般的太阳，刺眼的阳光让她感觉天空出现的不是一个太阳,而是无数个巨大的火球。

她低下头,立刻感觉到泪水和汗水混合在一起了。她的眼睛涩得睁不开,她努力地睁大,再睁大,但是一阵眩晕袭来,世界在她最后的意识里成为白茫茫的一片……

桑佩佩中暑晕倒了。

她醒来的时候,发现自己躺在一张床上,手臂上插着针管,盐水瓶里的药水缓慢地滴着。房间里就她一个人,很安静,她甚至可以听到药水在她的体内汩汩流动的声音,但通体白色的床单、枕头、墙壁,让她忽然充满了恐惧。她挣扎着爬起来,试图立刻离开,但脑袋里好像灌满了铅一样,刚抬起就感觉到整个身体都在往后跌落。

她的头重重地落在了松软的枕头上,从腹腔里涌出来深深的叹息。就这样闭着眼睛,将整个世界想象为蓝天和一片飘来荡去的白云。心情慢慢平复。

过了好一会儿,她睁开眼睛,头偏向窗口的一侧,她一眼就看到了床头柜上摆着的一盆盛开的茉莉花!她忽然感觉到身体里有清澈的溪水在流淌,美丽的世界此时留下完美无瑕的光影,而刚才发生过的一切已经完全被美妙的心境清除出去了。

听到远处传来的脚步声,她才重新躺下来,闭上眼睛,听脚步越来越近,越来越清晰……

脚步声到了门边,她才恍然想起来的人并不是郑小尘,他那熟悉的声音她怎么会听不出来呢? 除了他,大概只有孔哲了吧,也大概只有孔哲会想着放一盆她最喜爱的茉莉在她的床边。他是个好人,桑佩佩想。然后,她伸出右手理了理头发,她在酝酿在这个男孩面前该表现出如何的坚强和如何的若无其事。

门被推开了。

但桑佩佩看到的来人不是孔哲,更不是郑小尘,而是很久都不在她的世界里出现的一个人:顾子奇。

桑佩佩觉得这个世界真的是和她开足了玩笑。

"呵呵，怎么是你？"

"是啊，没有想到吧。"

"好久不见——来看我的笑话吗？"

"不是。"

"那——继续来提醒我和'两个男孩'关系的暧昧？"

"呵呵，我是那样的人吗？我们认识也有两三年了吧！"

"那你老人家真是神仙哪，在任何地方都能像一股烟一样突然冒出来，而不管人家是否在高声呼唤过'上帝啊你显灵哪'！"

"呵呵，你还是不了解我，或者从一开始我在你心目中就没有一个好印象！"

"那倒不至于！可是你怎么会在这里？"

"你忘记我学什么的了吧？"

桑佩佩疑惑地望了望顾子奇身上的白大褂和胸牌，说："你不是学经济的吗？你不是本来要去伦敦政治经济学院的吗？"

顾子奇低头苦笑："我从上大学的第一天起，就是学医的——哎，看来你真的是对我一无所知！"

"我一直以为……"

"所以你有待重新认识我！"

"好吧！那你在这里——实习？"

"对！实习！"

"真是搞笑啊！竟然在这里还能遇到你！"

"人生就是充满不同的际遇嘛！"

"际遇？"

"对啊，际遇！比如我今天能在办公室的阳台上看到你、小尘、孔哲；比如和你们在一起的那个女孩——她叫艾丽斯吧……前几天就是我帮她爸爸拍的 X 光片，可惜不巧他今天突然肾衰竭去世了；还比如我每天都能在这里遇到小尘，只是我们和无数即将发生际遇的陌生人毫无二致：我戴着口罩，而他戴着也许该叫面具的东西！"

"你每天都能在这里见到小尘？"

"对,每天!"

"有多久？"

"从某个人出现后的每一天。"

"谁？"

"某个你已经认识的——女孩。"

"你的意思是……"

"我没有什么意思!"

"你直说吧!"

"呵呵,我又不是情报人员!你好好休息一下吧,我走了。你的男朋友和叫孔哲的男孩也许马上就要回来了。"

"你——"

"好好休息吧,等药水滴完,你们就可以一起回橘子郡了!"

"好吧,多谢你的关心。"

"嘿嘿,不谢。"

　　房门轻轻地关上了,但桑佩佩还是看到桌子上的茉莉抖动了一下,两片洁白的花瓣轻轻地落了下来。

No. 27

郑小尘和孔哲用报纸捂着好几罐冰镇的"王老吉凉茶"回来，发现桑佩佩不见了，还有那盆茉莉花也不见了。两人相视一笑。

"看来，她还是蛮珍惜你送她的茉莉花啊！"孔哲说。

"她肯定以为是你送她的吧，否则，她只会迫不及待地把它扔进垃圾堆里！"郑小尘一脸苦笑。

"现在她把它当作宝贝了吧，你该高兴！"

"高兴？人都不见啦！"

"抱着一盆花，她能去哪儿呢？总不可能就这样跑进厕所了吧！"

"哎，真的不想管她啦！"郑小尘掏出一包红双喜，"来一支？"

孔哲摆摆手，说："你还是在附近找找吧，说不定她就躲在某个角落里，等待着你去找她，忽然一个转身，她就扑进了你怀里开始娇嗔了！"

"你说的是纯情少年们的初恋故事吧！你想想看，我们都老了，哪还有力气玩这种游戏啊！更何况这个时候我估计她该是躲在暗处，手里拿着一把寒光闪闪的菜刀呢！"

"我看不会是菜刀，估计是一把杀猪刀，为你特制的！哈哈！"

"我的体型还不够格呢！"

"但是你的'罪恶'差不多了吧！哈哈！"

"死亦死矣，何所畏惧！只是她该让我在死前最后说上几句吧！"

"你还要说什么？你可以现在告诉我呀，万——不小心你成了刀下英雄，我可以帮你转告她。"

"我想说，我想说……"

"说吧，我会帮你复述的，保证品质纯正，绝不掺假。"

"我想说：我爱你！即使你恨我，我还是爱你，如果你恨我恨到山穷水尽，那我就要爱你爱到海枯石烂——哈哈！是不是好文艺片啊！"

"何止好文艺片，简直是恶心片啊！我估计她听了以后，胃部肯定会立刻被清理干净的，不打点滴，不吃灵丹妙药，病就好啦！"

"好吧——不开玩笑了，我们去找找她吧！今天是她的生日呢！"

"对啊，今天是桑佩佩的生日，那个蛋糕放在车里是否会化掉了呢？"

走出大楼，孔哲一边想，一边往远处张望。

医院里的停车场上，桑佩佩的车已经不见。天气依然闷热，稍站了一会儿，孔哲就觉得脸上油腻腻的一片。伸出手摸了摸，奶油的芳香立刻在鼻翼两边升腾，让他不禁将舌头伸了出来，往自己的嘴唇上舔去。

"她回去了。"

环顾四周，确定桑佩佩并没有如孔哲所说的那样躲在暗处等着他的出现，郑小尘的语气里添加了一些失望。

"她回橘子郡了？"

"不会的，她会找一个自己想待的地方。"

"给她电话吧，我们不是说好了一起吃饭的吗？'长尾巴'可是一年一度的盛事呢！"

郑小尘叹了口气，掏出手机，按下了拨出键，然后孔哲听到了他更重的叹息声。

"果然——关机！"

"那她回家？回宿舍？"

"算了，不要找了，让她一个人待一会儿吧！她会主动出现的！"

"你这么有信心？"

"嘿嘿，我和她在一起也不是一天两天了，我了解她的脾气。"

"可是今天很不一样——不是吗？"

"今天……说得我现在心里又一团糟了。"

"还是先把佩佩找回来吧，她是真心爱你的，要珍惜她才是！"

"我没有不珍惜她啊！"

"那在鱼和熊掌之间，你总要作出选择吧？不要捡了芝麻丢了西瓜！"

"你们大家统统离开我算了！"

"唔？什么？"

"我到底在干什么呢？——我好累，真的好累……我已经累够了！"

"算了，不要想了，我们回去吧。"

"回橘子郡？"

"对，回家去。"

回到橘子郡，天色忽然暗了下来。

怕是要下雷雨了，孔哲关紧窗户，准备到郑小尘房间提醒他。

孔哲推开门，听到郑小尘在给桑佩佩家里打电话，待他叫出"阿姨"，接着电话里的回答显然说明桑佩佩并没有回家的时候，郑小尘的声音立刻从低落和谨慎，升到了高昂和热情。

"好，好，佩佩早就出来了就好……我们说好了晚上给她庆祝生日呢……你知道她有迟到的坏习惯……现在电话也接不通，也不知道躲在什么地方……那估计马上就到了呢……多谢阿姨了，再见！"

郑小尘挂掉电话，长长地舒了一口气，发现孔哲已经站在他身后。

"呃，进来多久了？"

"一会儿。她没有回家吗？"

"没有。"

"那会去哪里？"

"不知道。"

"你准备怎么办？"

"不知道。"

"总得想点办法吧！"

"不管她！她想出来自然会出来！"郑小尘一边说话，一边开始拿出背包，收拾东西。

"我现在出去。"

"你去哪儿？"

"去找艾丽斯。"

"呃？"

"她刚失去了爸爸，一个人在上海，我现在去找她，我相信你也会理解的吧！"

"我？我当然理解。"

"理解就好。"

"对我来说，无所谓！这些都是你自己的事情，你自己看着办好了！只是友情提醒一下，你不要把后天的考试忘记就好了！"

"我靠！"郑小尘猛拍脑袋，"我都忘记了后天还有考试呢！什么乱七八糟的事情都凑到一块了，多谢你的提醒，小哲！"

"不谢，it's my pleasure！"

郑小尘把背包往背上一甩："那我走了！"

"小心，暴雨欲来风满楼！"

郑小尘从门后拎起一把伞，冲孔哲微微一笑，匆匆的脚步消失在楼道里。

孔哲也对他的背影微微一笑，然后摇了摇头。

稍顷，他站起身来，走到窗前，将窗户紧紧地关上。就在这个时候，密集的雨点像豆子一样砸在了玻璃上。

透过模糊的玻璃和暮色中的豪雨，孔哲看到郑小尘撑开伞，冲进雨中，疾步走在橘子郡前华灯初上的街道上。

　　桑佩佩依然关机。孔哲躺在床上，反复听着手机里传出的"您拨叫的电话已经关机"的自动录音。就这样，他迷迷糊糊地睡去。

　　也不知道过了多久，忽然一个人闯进他的梦里——他想起了苏窈窈。

　　他爬起来，坐在卫生间的马桶上。犹豫了一会儿，他终于拨通了苏窈窈的电话。

　　"难得接到你的电话啊！"

　　苏窈窈的声音从电话里跳了出来。孔哲一下子不知如何是好了，他的声音忽然黏稠起来，要说的话仿佛变成了一块焦糖，紧紧地贴在了喉壁上："我……"

　　"怎么不说话？"

　　"我……我是小哲……"孔哲显然有些答非所问。

　　"我当然知道你是孔哲！"

　　"有件事……想问你一下。"

　　"有事就说啊，你放心我身边没有其他人！"

　　"呵呵，我倒不是担心这个。"

　　"你说吧。"

　　"我想问你一下，桑佩佩是否去找过你？"

　　"佩佩？你现在怎么关心起佩佩来啦！难道……"

　　"怎么可能！！是她和小尘吵架了，我在帮着找她！"

　　"怪不得！"

　　"怪不得？"

　　"怪不得她忽然给我电话，拉我去 Tilk'淫乱'呢！我还骂她来着，有 bf 还要去发骚，太不守妇道了吧——当时就有点怀疑，原来真的是吵架了！"

　　"Tilk 是什么地方？"

　　"Tilk 你不知道吗？就是曲阳公园里很热闹的那个酒吧啊！很出名的！"

　　"呵呵，我是土人啊，第一次听说这个地方呢！后来她怎么说？"

　　"我今天和子……奇……约好了，所以告诉她去不了。"

　　"她会一个人去吗？"

"她最后是这么说的,但是……"苏窈窈走到窗前掀起窗帘,"但是外面下大雨,不知道她会不会去呢。"

"什么时候给你的电话?"

"一个小时前吧——对,八点钟的时候。"

"我现在去找找她看吧。"

苏窈窈看了看手表说:"要不,我跟你一起去吧,你可以打车到我楼下来接我。"

"你……你不是和你们家……那位……约好了吗?"

"没关系的,我要他等等我就好。"苏窈窈一边用手机发信息一边说,"我怕你找不到那个地方,再说我也挺担心佩佩的,听说她最近和小尘之间有点问题。"

"听说?听谁说的?"

"干吗那么紧张?道听途说而已,而且……"

"嗯?"

"而且与你无关。"

"好吧,与我无关最好。那么……十五分钟后你在楼下等我。"

No. 28

出租车来到了曲阳公园的侧门，远处的树林漆黑一片，密雨中看不到一星灯火。

苏窈窈指挥着司机将车开进一个深深的巷子，忽然往左边一拐，就进入了一条狭窄的仅容一辆车通行的小道。

夜灯下，可以看见小道两旁是密植的斑竹。出租车在竹林小道上左拐右拐，徐徐而行，过了好一会儿，才在一座老式别墅前停了下来。别墅外有霓虹灯箱，上面显示着绿色的英文字母：

Tilk's Bar

灯箱边有高大的盆景，是遒劲扭曲的松。盆景边的小路通向一个亮着幽暗灯光的照壁，上面有龙凤图案。穿过照壁边的木门，走过一条长长的两边的橱窗里展示着古人生活用具的走廊，远远地，终于看见了另外一扇门内、在烟雾中浮现的绰绰人影。

越走越近，孔哲能轻易地感受到那些闪烁的目光，男人的或者女人的，矜持的或者妖娆的。他忽然想笑，在心里他赞美着自己："哎，像我这样来酒吧都会脸红的纯情男生，现在真是弥足珍贵啊！"

泰然走在前面引路的苏窈窈，回头看见孔哲在自顾自地傻笑，问道：

"干吗脸红啊？看上哪个美女了？"

"我面前就站着一个大美女，还用得着舍近求远吗？"

"那可不一定！"

"我们都认识二十多年了，早就审美疲劳了吧！"

"你可真无聊——别忘了正事！"

苏窈窈拉开那扇沉重的大门，喧嚣的声音立刻像潮水击溃了堤坝一样，灌进了耳朵。

孔哲大声叫道："你说什么？"

苏窈窈对着他的耳朵猛喊："我说——赶快找人！"

"怎么找？"

苏窈窈在舞池里摇摆的人群上空划了一条弧线，示意孔哲去人堆里找。她又指了指最里面的昏暗的走廊和包厢，大声叫道：

"我去那里，也许能遇到熟人！"

自在激越的叫喊，疯狂摇摆的手臂，尽情扭动的身姿，在震撼的音乐声和闪烁的霓虹之间，共同制造着心灵深处的地震。一个人的心灵或者身体，要在一场巨大的地震中置身事外，就像在水中始终将嘴巴和鼻子紧闭，几乎是一件不可能的事情。

孔哲站在高台上，往下俯视，他感觉到那一双双舞动的手几乎要将他拉下去一样。而音乐的共振似乎在将他不断缩小为一个微不足道的点，刷刷地像豆粒一样就要滑向那个激情汹涌的地方。

只是，即使像筛子一样仔细搜索，人影却在不断地重叠、分离、消失、重生，那个他要寻找的身影依然遍寻不见。

他只好小心翼翼地滑进舞池里。但他并不是一条遍身都是体液的泥鳅，在一片闪烁的目光里，他不断被手臂和热臀触碰，像一个弱小的猎物，落入一把把手枪虎视眈眈的准星里。

滑来滑去，过了五分钟，依旧没有看见桑佩佩的影子。孔哲灰心丧气了。在暧昧的视线的包围中，他低着头离开欢腾的舞池，找了一个隐蔽的角落,靠着柱子,仰着头抽起烟来。

香烟在此刻像一种安慰,而以前更多的时候只是一种道具。作为男人的道具,或者叛逆少年的道具。

香烟抽到一半,他决定先去找苏窈窈。如果连苏窈窈也弄丢了,那就惨了,会被人鄙视到吐血身亡。拨打了好一会儿苏窈窈的电话,没有接听,在这样吵闹的环境里,能听到手机的声音也算是奇迹。

就在他扔烟头的时候,他发现 Tilk's Bar 并非一个密不透风的盒子。

闪烁的灯光,花花绿绿,男男女女,扭动的身姿,磕碰在一起的啤酒杯,喷发的荷尔蒙,仿佛远处的幻影。茶座的一面玻璃落地窗之外,孔哲发现那里竟有一个湖!灯光投射到湖面,可以看见雨中随风而动的荷花,沁人心脾的芳香也随之到来。

"小哲!"

孔哲忽然听到苏窈窈的声音像荷花上空突然袭来的一阵急雨,将他拉回到世俗的境界,让他再次想起自己此行何为。

"窈窈,我正到处找你呢!"

"捉了半天的迷藏,好不容易看到你,在你背后声嘶力竭喊了半天,你就是不回头地往前跑!"

"里面太吵,估计连'炮声'都听不到!这里真不错,和里面相比,简直是一片天堂景象!"

"不下雨的晚上,这里会点上灯笼、摆上木桌,是非常有情调的地方。"

"嗯,这里我很喜欢,可以安安静静地坐下来,什么都不想,什么也不说,一两个眼神足以表达一切。"

"看来,你一点都没有变啊,还是在追寻情调!"

苏窈窈一边说,一边偷眼去捕捉孔哲的目光。也许在她看来,她的调侃里带着一种挑衅的意味,只是善意多于冒犯而已。

"没有啊,我哪有资本去追逐那些有情调的东西!"

"我觉得你一直活得很理想的,是一个'可爱的理想主义者'——其实这样也挺好，不用活得太累……"

"你骂我吧？！"

在孔哲看来，这个世界上，骂人第二狠的就是这句："你可真是一个可爱的理想主义者"，第三才轮到"我操你奶奶"之类的恶俗不堪的狠话。听到人家竟然将"可爱的理想主义者"的帽子戴在他头上，孔哲不得不敏感，他感觉有几根头发立刻竖了起来。但幸好说这话的是所谓青梅竹马的苏窈窈，如果在宿舍里，他早就给对方狠下杀手了——你丫就是一诗人！

"没有啊，我是赞扬你！"

"你赞扬的方式真特别！你也这样赞扬你们家顾子奇吗？"

孔哲说出"顾子奇"的时候，显然有些后悔，他立刻望了望苏窈窈惶惑的眼神，说："对不起，我不是故意的！"

苏窈窈理了理耳边的头发，紧绷的脸庞忽然松懈下来，扑哧笑道：

"没关系！其实，我平时也是这样赞扬他的！"

"真的吗？"孔哲投递过来将信将疑的神情。

苏窈窈再次毫不犹豫地答道："当然！"

她继续说道："其实他和你蛮像的，你从小到大就想当一个老师，去影响别人，所以你会一直好好读书，想从学士到硕士再到博士……"

"你的意思是不是说我接着就要当'烈士'了？"

"哈哈，大概有这个意思吧！"

"'烈士'很牛嘛，连你们家顾子奇也想'奋不顾身、视死如归'？"

"他……"

"他？"

"也许你会嘲笑他吧，他竟然和你一样，也想以后混进高校当老师！"

"呵呵，挺好的！告诉他，以后他当大学里的领导了，记得要多多提携我啊！"

"被提携的该是他吧！"

孔哲冲苏窈窈一笑，跳下两级台阶道："显然——他比我强。"

忽然，他想起了什么，一拍脑门，立起身来，刚要说什么，但他感觉自己刚要甩动的手臂已经被另外一只手拉住了——

当孔哲意识到是苏窈窈在自己的手上留下体温时，他感觉自己的身体犹如靠近了一座火山，即将沸腾起来。

他想甩开，但在他轻轻甩动了一下之后，那只手仍像一个环扣在另一个环里那样甩不掉。这个时候，将头低下来的他听到了苏窈窈的声音。

"小哲，原谅子奇好吗？——忘记那些误会，忘记那些不快，其实他没有你们想得那么坏，他只是有些过分自尊了……"

"我上次不是和你说过了吗？我会当什么都没有发生过的！"

"但是，小尘和佩佩……我希望你们几个都能在子奇去非洲前和好如初。"

"他要去非洲哦，我都忘记了！"

"今天我还想告诉你的是……"

"呃？"

"我已经决定和他一起去非洲！"

"天哪！你疯了!?"

孔哲正想甩开苏窈窈的手，但此刻他发现苏窈窈的手已轻轻地松开了。苏窈窈转身面对清风吹拂的湖面，过了好一会儿，才幽幽地说道：

"我已经想清楚了，一个人在国内，一个人在国外，还不如两个人都去。"

"你也想去看看非洲的风光？"孔哲略带调侃地笑道。

"那当然！"

"为了你男朋友和非洲的美丽风光，你就愿意将自己的父母丢下，让他们天天为你们的安危担忧？"

"小哲……"

"……"

"好多事情是你不懂的，你没有仔仔细细、通通透透地谈过一场恋爱，你不懂得什么是爱，也不知道怎样经营爱才能长留心中！"

回来……告诉我你还**记得我**，不想丢掉我。

美丽笑容藏在心里，只对你暗地绽放。

"对啊,我是不懂,可是也没有人给我机会啊?"

"机会?"

"没什么……我的意思是,也许我真的不理解你们吧……"

"你会长大的。"

"靠,你的口气好像你是我姐姐!"

"我难道不是吗?"

"我们是同年出生在同一家医院的,我是7月2日,你是9月19日……"

"你还记得我的生日啊!"

"怎么?难道不可以吗?"

孔哲说出这句话的时候,他感到自己的脸在慢慢地升温。但他努力冷却下来,装作若无其事地继续说道:

"算了,算了,不和你争!嫁鸡随鸡,嫁狗随狗!你要去,就去吧。再说非洲也不是每个国家都苦大仇深、枪林弹雨、血肉横飞,好好保重自己就没有什么大不了的!"

"知道了!"

"当然,别忘了发扬国际共产主义精神,给咱中国人长脸!"

"好吧,我们就是为了那个去的,可以了吧!"

这个时候有一堆人从酒吧里拥出来,大声地笑闹着,孔哲忽然如梦初醒,叫道:

"哈哈,我们都在说什么呢,都忘了正事了!——你找到她了吗?"

"对啊,都忘记我们来干什么了!刚遇到一个朋友,说半小时前还看到佩佩来着,可一闪又不见了!"

"那我们再去好好找一遍吧!"

"好,地毯似的搜索一遍!"

苏窈窈轻快的声音,让孔哲的心情一下就舒畅了起来。他望了一眼雨中盛开的荷花,迅速扭过头,脸上舒展开的笑容向苏窈窈表示他的感激。

推开门,带着热度的空气和喧嚣的声音再次扑面而来。

No. 29

雨停了。云很快散去,显露出淡青色的天空。

在城市的另一角,此刻叫郑小尘的男孩把刚失去父亲的女孩紧紧地搂在怀里。除了他们俩,没有人能分享此时独属于他们自己的那份温存和感动。

郑小尘紧紧地从身后抱住艾丽斯,将头埋在她的发丛里,唇在她的耳边慢慢游走。

"等天气再暖些,我们就可以看到很多星星,在天上,也在海水里。"

"还记得这句话?两年前在青岛?"艾丽斯问道,惊讶但也平淡的语气。

"当然记得! 那是最美丽的日子……"

"我还说过什么?"

"你还说'一不小心,我会像一只钟掉进草丛里,让你找也找不到,就这样嘀嘀嗒嗒独自过完一生。'"

"有吗? 我有说过这么文艺的话吗?"

艾丽斯扭过头问,灿烂的笑容瞬间淹没了她一天来脸上飘荡的忧伤。

"当然!"郑小尘俏皮地高声答道,"你还记得我怎么回答你的吗?"

"哈哈，不记得了！"

"那时候啊，我们坐在海边的岩石上，把脚都伸进海水里，我说我会变成另外一只钟，也跳进草丛里，一直一直一直……陪伴在你身边，一起嘀嗒，嘀嗒，嘀嗒……一起老去。"

"嘿嘿，你的嘴巴产蜜糖吧！看把我给骗得好惨！"

"我有骗过人吗？"

"你?！"一丝愁云跃上艾丽斯的脸庞的同时，另一个女孩的脸闪进心头，但她很快低下头笑了笑。"还有吗？"她继续问道。

"还有呢，你还说'天上的星星每个晚上都会到海里来洗澡，因为银河太小了。有时它们光着小屁股直接跳进来，有时候就会变成一只只小海豚，一边洗澡，一边远远地唱歌。'"

"啊！"

"是不是觉得自己是天才？"

"太梦幻了!天才当然不是，我只是觉得如果真是我说的话，那我就不该活在这个世界上！"

"别说傻话！"

"我的意思是，我该活在童话里或者天堂里。"

就在这个时候，几束烟火忽然窜上了天空，把窗外天空的一角照映得五彩斑斓、温馨暖人。

"看！烟火！"

说话的空当，又有几束烟火划过他们的眼睛，跳进了他们看不到的天鹅绒色的背景里去了。

郑小尘拉住艾丽斯的手，轻快的脚步声像一阵风，冲出了房间。

露台上，空气清新，天空明净得像一块翡翠，烟火就像在翡翠里嬉戏的孩子。或者，人们该将记忆里那些转瞬即逝的东西和此刻的美好联系在一起。但此刻在郑小尘和艾丽斯的心里，他们在乎的也许不再是所谓的永恒，而是此刻以及彼此身上的那熟悉的呼吸。

"好美啊！"郑小尘望着远处的火光，叫了起来，"艾丽斯，你说，烟火是不是世界上最美丽的东西啊？"

"最美？——最美丽的烟火，不在这个世界上。"

艾丽斯的脸忽然黯淡下来，郑小尘知道她又想起了不开心的事情。但他不知道再用什么方法去安慰她了，除了拥抱，他觉得任何话语都是那么苍白无力。

他去拉艾丽斯的手，两只手很快重叠在了一起。郑小尘有意紧紧地握了一下，让彼此都感到对方的疼痛。然后，他那双闪亮的眼睛就像两湾清澈的湖水，望着艾丽斯，说道：

"但这个世界还是很美好，有你，有我，有很多人，值得我们好好珍惜，值得我们一步一步，走得开心又豁达！"

艾丽斯的笑声在夜空响起："哈哈，你又要说教了吗？我明白！"

"没有啊！我只是在说我想说的！"

"好吧，那我也说我想说的……"

"什么？"

艾丽斯并不回答，她轻轻靠在郑小尘的怀里，将另外一只手也和他的手紧紧握在一起。

十指相扣。最温馨的时刻莫过于此。

过了好久，她听到自己的声音像一只蜗牛，从胸腔里慢慢爬升：

"我——想——说——"

"嗯？"

又是一阵迟疑。

"我想说——我爱你！"

艾丽斯的声音很轻，轻到她觉得自己体内的那一只蜗牛，在她说出这句话的瞬间，已经筋疲力尽，从高处坠落了下来。

艾丽斯低落的声线，消失在随之而来的汹涌的亲吻里。

雨水清洗过的天空，越来越明净，越来越透明。月亮忽然冲出云层，将整个城市置于梦幻之中。

孔哲牵着苏窈窈的手在舞池里又细细密密地搜索了一遍，就差没有把一个披头散发、酒气冲天的女孩掀起来看看她是不是桑佩佩了。但孔哲仍是不罢休，在这个女孩的周围转了几圈，直到发丛里闪出女孩怒目相视的眼睛，他才像一条大灰狼夹着尾巴灰溜溜地滑到了站在舞池边等他的苏窈窈身边。走到包厢的一边，等一曲结束、喧闹声像被水慢慢浇灭的时候，他凑到她的耳边说：

"我有十足的把握桑佩佩没有那么风骚！"

"风骚？"苏窈窈说，"哪里风骚了，我都看到人家快要对你挥拳头了！"

"靠，我又没有对她怎么样！不就是仔细瞧了一下嘛。"

"哈哈，就是瞧得太仔细了啊，仔细得让人以为你有不良嗜好！"

"好吧，我错了！我错了，可以了吧！"孔哲叹了一口气，又说道，"你说，我何苦呢，桑佩佩又不是我的，我又不是貌若天仙、人见人爱的郑小尘！干吗要招惹上这事呢？"

"哈哈，你啊！谁叫你天生就是一个好人呢！你只有下次回家找你爸妈的麻烦啦！"

"哈哈，难道要叫我爸妈来这里找桑佩佩？"

"好主意！叫你爸爸派一个团的兵力来，连蚂蚁洞都找个遍，她桑佩佩就是插翅都难飞啦！"

"你说得人家好像是逃婚似的！"

"她和郑小尘到底是怎么了？"

"你知道吗？"

"什么？"

"好奇心是魔鬼！"

"靠，你真无聊！到底怎么了吗？——赶快说！你不说，小心我变了魔鬼，吃了你！"

"艾丽斯回来了。"

"艾丽斯？"

"……"

"她才是魔鬼呢!"

"她?"

"绝对的真理是这样的:美丽的女人才是真正的魔鬼!"

"你认识她?"

"当然!那时候,她可是学校里的一大风景啊——小尘能追到她,除了他本身英俊潇洒、才气逼人之外,我和子奇可是大大的有功之臣!"

"大大的? 你们做了什么坏事?!"

"当然是好事啦!"苏窈窈佯装生气地拍向孔哲的脑袋,手将再次落下的时候,忽然停在了半空,"算了,不说了!如果被佩佩听到,说不定我去非洲前还得挨上一刀,把救死扶伤的机会白白送给了别人啦!我们还是赶紧找她吧!"

孔哲望了望一排紧闭的包厢门,听到里面传来各种各样凌乱不堪的声音,说:"难道要一家一家地推门进去?"

"当然不是'推门',是'敲门'!"

孔哲一听,转身就要走:"那你做先锋吧,我在后面护法!"

"呃呃呃——你怎么能这样!"

苏窈窈一抓,连他半个影子都没有抓住。

孔哲迈开步子将立功受奖的机会全盘交给了苏窈窈,却和一个穿着一袭蓝色工作服的酒吧女服务员几乎迎面撞上。

服务员闪避及时,满面笑容地向忙不迭说"对不起"的孔哲问道:"先生,你有什么需要帮助的吗?"

孔哲一拍脑袋:我刚才怎么没有想到问问呢? 真是傻到家了! 他正要开口,苏窈窈已经闪到了他之前:

"我们在找一个朋友,女孩,瘦瘦的,比我稍微高点,齐肩的短发。还有就是,她可能在她的耳朵边的发束上系上一只带红绳的洋娃娃!"

"洋娃娃啊——"

美丽的服务员歪着头,开始在记忆里搜索一个发束上竟然系着一个洋娃娃的陌生女孩。

No. 30

服务员忽然想起了什么……

希望仿佛就在眼前。

可就在希望冲破喧闹和迷局，在孔哲的身体里腾云驾雾的时候，身后的包厢里忽然冲出来一个人，对着过道就稀里哗啦地吐了一地。

孔哲赶紧捂住鼻子要逃，却听到落在后面的苏窈窈忽然尖声叫起了一个无比熟悉又无比陌生，甚至让他怀疑自己是不是处于错觉中的名字："子奇!？"

孔哲刹住车，回头一看，刚才呕吐的家伙缓缓地抬起头，除了嘴角挂着秽物之外，眼眶里似乎还饱含着泪水。垂在鼻尖的头发，薄薄的嘴唇，犀利而孤独的眼神，如果不是顾子奇，就不会再是其他人了。

苏窈窈冲过去，叫道："子奇，你怎么会在这里!？"

孔哲没有挪动脚步，他只是轻轻地接过顾子奇那犀利的眼神，没有躲避，也没有撕咬。也许他们是两只狮子，但孔哲知道，他们并不缺少食物，也不缺少爱情。

就在苏窈窈扶住顾子奇的肩膀，将要做些什么的时候，孔哲看到门缝

里忽然探出一只手,搭在顾子奇的肩上,然后听到了另一个醉意十足,甚至散发着酒精味道的声音在喧闹之外的空旷中响起:

"哈哈,你怎么醉了呢?"

桑佩佩!!

怎么会是桑佩佩?! 孔哲的脚步像紧绷在弦上的箭一样冲了出去。

他冲到门口,却看到那个女孩贴着顾子奇的身体,缓缓滑倒在了地上。

她的手拉住顾子奇的裤脚,头发凌乱,嘴巴里嘤嘤作语,但是她黑色发丛中凸现的那个红色小洋娃娃,让孔哲确认是桑佩佩无疑。

桑佩佩,一个易碎的洋娃娃,一个适合在远方的洋娃娃。

她怎么了?

孔哲赶紧将桑佩佩从地上拉起来。

桑佩佩全身散发着浓重的酒味,让孔哲禁不住在抱她的同时,用肘部紧紧地压住自己的鼻子。孔哲偷眼往包厢里瞧去,里面再没有其他人,除了茶几上摆着七八个空啤酒瓶之外,还有一瓶白酒剩下一半,在卡拉 OK 的巨大声响中微微晃动。

再回过头,他和苏窈窈的眼神不期而遇。虽然他不愿再将对顾子奇的印象引向更坏的深渊,但就在那一刻,孔哲感觉到自己的那个眼神已经像一把锋利的刀戈划向了苏窈窈那似乎薄如白纸的脸。

于是,他赶快低下头,低到自己的嘴唇都落在了桑佩佩的发梢间,那里面还藏着些香水的味道,令人迷乱。

过了几秒钟,孔哲望望迷醉的顾子奇和此刻百味杂陈的苏窈窈,没有说任何的话。他对苏窈窈轻轻地笑了笑,然后将不省人事的桑佩佩架起来,拖拽着往酒吧的门口走去。

雨已经停了,远处的水面上响起密集的蛙声。城市的蛙声,仿佛逍遥的侠客的浅唱低吟。

"佩佩,佩佩——"

没有了车，孔哲架起桑佩佩一路步行。他不停地叫着佩佩的名字，希望这个在酒精中沉溺的女孩能在宁静而清新的空气中醒来。但桑佩佩好不容易睁开了一下眼睛，软绵绵地叫了一声"小哲——"又歪斜着倒进了他的怀里。他想给郑小尘打电话，但此刻他根本没有空余的手掏出手机。最后，他索性将桑佩佩移到了自己的背上，就这样背着，轻轻哼唱着"甜蜜蜜，你笑得甜蜜蜜，好像花儿开在春风里……"沿着来时的竹林小道，一步一步地往刚逃离不久的大都市的奢华和靡丽中走去。

　　出租车快要到达橘子郡的时候，天空又下起了雨。透过玻璃窗，远远地看到的只是橘子郡那在雨水中迷离的灯光，建筑的轮廓完全被黑暗俘获、淹没了。

　　雨水划过玻璃，将视野分割为无数模糊不清的小圆点，孔哲这才想起还没有给郑小尘发信息。

　　掏出手机，看到有三个郑小尘的未接来电，他赶紧回拨过去，张敬轩的《过云雨》响了很久，却无人接听。孔哲看看靠在玻璃上沉沉睡去的桑佩佩，忽然有些不知所措。

　　出租车的前窗隐约可以看见雨中的鲜红的橘子了，孔哲给郑小尘发了一条短信：

　　"佩佩喝醉了，我现在把她接回了橘子郡，你赶快回来。"

　　孔哲将桑佩佩放倒在床上。

　　他发现不单单自己的衣服湿了，连桑佩佩的衣服也几乎全部湿透。从路边到橘子郡那么短短的一段距离，雨水忽然飘泼了起来。除了雨水的嘀嗒声，他还听到了红红的橘子从树上掉下来砸在草丛中的声音。

　　关上门，他赶紧躲到卫生间里，换上了一身干净衣服。他再看看就那样湿湿地倒在他床上的桑佩佩，他不知道如何是好了。

　　"佩佩，佩佩——"

　　他仍期待着能叫醒她，但桑佩佩没有任何反应，平时白白的脸庞此刻白得更加纯粹,让他不禁想到了要去试她的鼻息。

　　他正要将手指移过去,桑佩佩忽然哼叫了一声,翻转身就滚落在了地毯上,将他吓了一跳。

　　孔哲拿毛巾擦干桑佩佩的脸和头发,脱下她的鞋子,然后从衣柜里找来毯子盖在她的身上,除此之外,他不知道自己还能做什么。

　　一杯热果汁?吹风机?还是药片?孔哲在房间里不安地走来走去。

　　"小尘啊,小尘,求你出现啊!求你显显灵吧!"

　　孔哲一边抱动桑佩佩,一边在心里期待着郑小尘立刻就推门而入,他甚至希望住在自己隔壁的男孩就是蜘蛛侠的化身,能够在城市上空飞来荡去,此刻就已经到达了橘子郡的屋顶上。但是,窗外除了势头不减的豪雨不断地在玻璃上留下水花外,看不见人影,也看不见任何景物,连灯光都成了一片迷蒙。

　　过了一会儿,他又掏出手机打给郑小尘。这次连彩铃都听不到了,只有"您拨打的电话暂时无法接通的"的系统音,将他引向了几乎绝望的苦笑。

　　窗外的雨丝毫没有停的意思。

　　他走回桑佩佩身边。她的脸上已经有了些红晕,这使孔哲稍稍有点放心。但在酒精的作用下她仍睡得很沉,呼吸里窜出的浓重的酒味在她的身体周围弥漫、扩散。

　　孔哲在桑佩佩身上小心摸索着,生怕屋顶或者窗外有双眼睛在窥视他,说他心术不正、图谋不轨。过了一会儿,他终于找到了郑小尘房间的钥匙,上面有颗蓝色的心。他决定先去隔壁找找有没有桑佩佩的干净衣服,然后再作打算。总不能就这样湿湿地盖着吧,如果感冒的话,麻烦也许会源源不断地到来,他想。

　　孔哲打开门,一按亮灯,就看到了书桌上的那个蛋糕。当然是郑小尘买的,克莉丝汀的,蓝莓夹心,上面歪歪扭扭写着:

　　亲爱的佩佩,生日快乐!

孔哲会心一笑。

他不知道郑小尘什么时候买了这个蛋糕，他也不知道郑小尘此时在哪里、在做什么，但是他想，不管怎么样，如果桑佩佩醒来，看到这个蛋糕心里总会有一丝慰藉，即使这点慰藉会被无数的难过和怀疑迅速淹没。

他在柜子里找到了一些衣服，但转念一想，他又赶快放下了。他甚至想到自己刚才碰了一下一件红色的 Bra，脸迅速就红了。

孔哲找了一套郑小尘的宽松运动衫，拎着蓝莓夹心蛋糕回到了自己的房间。

这个时候，他发现床上桑佩佩不见了！

"佩佩!!"

孔哲正惊得六神无主,卫生间里传来了呕吐声。

孔哲冲进去,看见桑佩佩几乎把整个头都埋进了马桶里,哇哇哇直吐。他从后面轻轻地拍打她的后背,桑佩佩却转身扑进了孔哲的怀里,号啕大哭起来。

"不哭,不哭……"

孔哲感觉桑佩佩的泪水,烫烫的,从领口滑进了他脖子里,忽然又变得很冰冷,能让人感觉到她内心的震颤。

"不哭了,会没事的——一切都会好起来的!一会儿小尘就回来了……"

"他不会再回来了!"

"说什么傻话呢!"

"我知道他不会回来找我了,他要离开我了!"

桑佩佩后面的话都淹没在呜咽之中。孔哲觉得此刻和她说任何安慰的话都是无济于事的,于是他安静地蹲在地上,看她被泪水模糊的脸,听她像山洪一般的哭泣。

看到桑佩佩的哭泣无法停止，孔哲悄悄地掏出手机，拨打郑小尘的电话。

也许是听到了电话的声音，桑佩佩忽然停止了哭泣，她推开孔哲，叫道："不要给他打！"

"呃？"

"不要打扰人家的好事！"桑佩佩的语气里充满着鄙视。

"我……"

"不懂我的意思吗？！就是不要打！打了他也不会接，他来了我也不想见！"

"不要这样，小尘他……"孔哲本想说"小尘他情有可原，因为今天艾丽斯的爸爸去世了……"但他忽然想到今天也是桑佩佩的"生日"，于是赶紧打住。

"他是王八蛋！！他是超级王八蛋！！"桑佩佩大声叫道。

孔哲听到"王八蛋"三个字无端就想笑。他真想跑到郑小尘面前，对他说："超级大帅哥，你也有今天啊！"当然，此刻他没有去挖苦郑小尘的时间和心情。收敛住内心的笑，他慢慢抬起头，一脸平静地对桑佩佩说：

"你恨他吗？"

"当然！"桑佩佩的回答利落干净，"我恨不得吃了他！"

"他的骨头太硬了，恐怕嚼不烂！"

孔哲猛然听到自己说出这样好玩的句子，几乎要扑哧笑出声来。

桑佩佩神情坚毅地说道："我嚼不烂，还有你！"

这个时候，他真觉得这个女孩又可怜又可爱，他装作满不在乎地回答道："我可不参与谋财害命！我从小就是好学生一个！"

"我们不谋财，只害命！"桑佩佩说。

"那也不！有一天你后悔了，会把我的命也要走！"

孔哲说话的语气像一个稚嫩的孩子。

"你的小命又不值钱，不如借我变废为宝，杀了这个陈世美！"

橘子郡男孩

"陈世美？"孔哲听到这个名字，彻底忍不住哈哈大笑起来，"这年头，'陈世美'都申请了专利，不是每个人都能当的！不要给你们家郑小尘戴高帽，好吧！"

"就应该抓他戴高帽去上街游行，让世界上每个人都知道他这个'陈世美'的真面目！"

桑佩佩说话的时候，孔哲仿佛听到了她牙齿间像菜刀在磨刀石上霍霍作响的声音。

"到时候就怕你舍不得了！"孔哲笑笑说，"起来吧——洗洗，然后我们吃蛋糕吧！"

"蛋糕？"桑佩佩从地上站起来，瞪圆了眼睛，"你买的那个？"

"是我买的——另外一个，今天是你的生日嘛！"

孔哲拎着蛋糕晃了晃，说："你看，是蓝莓夹心的哦！"

刚才还苦大仇深的桑佩佩脸上终于露出了笑容："你怎么知道我最喜欢吃这个口味的啊！"

"哈哈，你也太小看我孔哲了吧，没有一两项独门绝技，我能在江湖上混吗？"

孔哲一边说，一边调皮地挥动手上的水果刀，样子真像个豪气一身的侠客。

"哈哈，还是小哲好！"桑佩佩对着水龙头，一边将水往脸上洒，一边叫道，"小哲好，才是真的好！"

孔哲看到桑佩佩配合着自己耍贫、搞笑，心情放松了很多，他一下就割断了绳子，掀开盖子，将两根蜡烛插到了蛋糕上。

"好漂亮的蛋糕啊！你再不来，我就一人独吞了！"孔哲冲着卫生间里的桑佩佩叫道。

没有反应，再一细听，卫生间里又传来了抽泣声。

"亲爱的，又怎么了？"

桑佩佩只顾哭，声音越来越大。

终于门外有人"当当当"地把门敲响了，还在外面大叫："小哲，你在吗？里面怎么了？"

孔哲尴尬地大声回应道："没事——"

话还没有说完，脸已经刷地红了。

过了一会儿，桑佩佩的哭声轻了下来，孔哲轻轻摸了摸她的头，学着蜡笔小新的声音，说："刚才估计被人当作陈世美了，惨了！"

桑佩佩抽泣道："我才惨呢——"

"怎么？"

"我——"桑佩佩指着洗手池，"我刚脱下戒指，一不小心它就滑进那个孔里了！那可是小尘送给我的！"

"啊！"孔哲心里一惊，人已经冲到了洗手池边上。

"难道这就是上天的安排吗……"

桑佩佩失魂落魄地一屁股坐在马桶盖上嘟囔着。

孔哲找来一个工具箱，蹲下来，开始查看水管。过了一会儿，他擦擦额头上的汗水，对桑佩佩说：

"你先出去吧，看看书，我先拆开水管看看，说不定能找到呢！"

"算了吧，别折腾了——反正我也不需要了。"

桑佩佩决然地走出了门。孔哲抬起头来，只看到她的手缓缓地滑过门缝，像一只背上驮着悲伤的蜗牛。

卫生间里，孔哲在哐当哐当地干活，而外面桑佩佩独自点燃了二十一根蜡烛。

蜡烛燃得很快，火焰冒得很高，但是她的视野里一片迷蒙，就像窗外的雨。泪滑落下来，滴在了火星上，嘶嘶嘶地叫。

桑佩佩用一根蜡烛去点燃刚才灭掉的，火光闪耀的那一刻，她开始轻声给自己唱生日歌。

"happy birthday to you, happy birthday to you……happy birthday to peipei, happy birthday to you……"

在卫生间里，金属碰击的间隙，孔哲听到了划动火柴的嚓嚓声，接着

橘子郡男孩

他竖起耳朵，分辨出了在水声、雨声、撞击声中飘荡的歌声——一个女孩唱给自己的生日歌。

孔哲觉得眼眶湿润了，他停下来，禁不住跟随着桑佩佩小声地、更小声地唱起来：

"happy birthday to you, happy birthday to you……happy birthday to peipei, happy birthday to you……"

No. 32

　　第二天，孔哲一觉醒来，头痛得抬不起来。他艰难地睁开眼睛，看见天花板仿佛在旋转，越转越快，变成了一个漩涡。他赶紧闭上眼睛，慢慢平静下来，就听到了窗外的鸟声，像是有鸟扑棱着，用翅膀拍打着玻璃。外面雨该停了，太阳跃出了城市的屋顶，红红的橘子像在沙滩上享受阳光浴的少年郎。

　　但孔哲忽然惊得跳了起来！他分明感觉到毛毯的下面，有一只手透过衣服，紧紧地环绕着自己的腰！

　　孔哲这一跳，几乎将自己掀落在地毯上。他趔趄着站起来，看见地毯上凌乱地扔着几个啤酒易拉罐，再看看自己身上只剩下背心和内裤，猛一拍脑袋，昨晚的那一幕幕瞬间在他的记忆里闪动。

　　他想起，他竟然真的在那截水管接头的过滤网里找到了那枚戒指。

　　他举起那枚戒指对准灯光，看见它闪耀的光芒四处逃窜。他再看看自己的手指，细长的指节上，空无一物。很多年来，它就保持这样的原生态。他冲着镜子里的自己自嘲地笑了笑，走了出去。

橘子郡男孩

火光越来越微弱，桑佩佩的泪水却还没有停止。也许她已经躲进了长长的回忆里，有郑小尘的每个瞬间都能带动她的心跳，让她不停在跌宕起伏的情绪里攀爬不上来。

直到，那枚戒指在她面前重新出现，就像蜡烛的火光忽然升腾，将房间里的空气都要全部点燃。桑佩佩几乎是跳起来，抱住了孔哲。

"啊！你太棒了，太棒了！"

"哈哈，看把你乐的！我说过会找回来的！"

桑佩佩从孔哲身上跳下来，将戒指夺在手里，终于破涕为笑。

这时孔哲才发现自己的手上、衣服上到处都是油污，桑佩佩刚才那么一抱的后果显而易见。但桑佩佩并没有在意衣服上的污渍，她的整个世界仿佛都被那只戒指占据。

忽然桑佩佩回过头，冲孔哲莞尔一笑，问道：

"你不去洗澡吗？"

"洗澡？"孔哲说，"我在等你先洗呢！"

"等我？"桑佩佩用怀疑孔哲想干坏事的眼神，死死地盯了孔哲几秒种，然后扑哧笑了，"知道你也没有那个胆！还是你先洗吧！"

"你先洗！我刚从小尘那里帮你拿了这套衣服过来。"

孔哲从椅子上拿起那套运动背心和短裤。

"我不要！"

"那你去找自己的衣服。"

"我不去！"

"那总不能就湿淋淋地穿着吧，小心变成水熊猫，身上插满针管，一肚子都是药水！"

"我不怕！"

"好吧——但是，防患于未然，我先拨打120预订一辆救护车吧！"

孔哲一边说，一边掏出了手机，按动通话键，第一个名字就是郑小尘。他正想再按一下通话键，就听到了桑佩佩的叫喊：

"如果你给郑小尘打电话，我就和你划清界限！"

"靠！你真暴力！给你衣服也不换，救护车也不愿要，你要我自戴大高帽上街游行吗？"

"不必要，你把你的衣服给我吧！"

"我的？"

"对啊，舍不得？"

"哪里？我只是怕小尘杀了我！"

"他舍不得杀你的！你是他的大恩人呢！他的一家老小有一半托你老人家照顾着呢！他感恩还来不及呢！"

桑佩佩的话中都是讽刺的味道。孔哲笑笑，无以作答，只能用长长的一句"嘿嘿——"应付过去。

桑佩佩从卫生间里出来，郑小尘的电话还没有拨通。孔哲看到桑佩佩的身影转过墙角，赶快将手机藏在身后，手一滑，手机就掉在了地毯上。桑佩佩瞥了一眼，说：

"不要打了，他不会回来啦！"

"我，我没打啊——"孔哲一脸的尴尬。

"如果你没有要赶我走的意思，那我们就开始吃蛋糕吧！"

桑佩佩望着蓝莓夹心蛋糕，做出口水直流的样子，赶紧把上面的蜡烛全部拨掉，看到孔哲拿出了水果刀，她赶紧拦住他，说：

"等等！还差一样东西呢！"

"什么？"

"啤酒！"桑佩佩推着孔哲，"你去买啤酒吧——十罐！"

"靠！你刚从酒坛子里把小命捡回来，现在又要往里面钻啊！"

"小女子今天生日，你不听我的是吧？"

桑佩佩一边说，她的拳头已经挥到了孔哲的眼前。

孔哲在去超市的路上，不停地拨电话、发信息，但电话似乎永远就不会通，郑小尘像是落进了一个藏有武功秘笈、需要花上十年练成绝世武功后才能出来的山洞里。

孔哲抱着十罐啤酒，几乎以绝望的心情往回走，快到橘子郡门口，他给郑小尘发了最后一条信息：

"别忘了明天早上有考试！"

但是啤酒下肚后的事情孔哲怎么也想不起来了。他揪紧自己的头发，往各个方向扯，记忆里仍没有任何东西被他拉回来。

看看桑佩佩，发现她并没有因为刚才自己的那一跳而醒过来，只是翻转了一下，又沉沉睡去。他小心翼翼地捡起地上的牛仔裤和T恤，闪进了卫生间，轻轻地关上门，在里面大口大口地喘气。

他脱掉全身的衣服，检查每一寸皮肤、毛发，然而即使他将整个头都浸在水池里，他仍然不知道自己是否做了什么错事。

或许什么都没有发生，只是他杞人忧天。又或许只是狭小空间里的触碰，就像握手和拥抱那样简单。但孔哲的心跳得很快很快，他的慌乱大概不仅仅是一件情事那么简单。

洗漱好了以后，他蹑手蹑脚地走了出来，他本来想看看毛毯下的桑佩佩是否衣装整齐，但是他忽然看到她的一只手，从戴着那只戒指的手指到白白净净的手臂以及肩膀都毫无遗漏地从床边垂下来的时候，他几乎要崩溃了。

No. 33

孔哲迅速逃出房间。

他回头看,早晨的橘子郡就像一个他这般大的孩子,似乎在阳光中等候着什么人。

他忽然想起了苏窈窈,给她发去一条短信:什么时候去非洲?

很快收到了苏窈窈的回复:可能下周三,期末考试一完就走。

孔哲心里一阵失落。

走过宽阔的草地,不断有同学和认识的人与他打招呼,他极力掩饰住内心的失落和不安,挤出虚伪的笑容。

"嗨!别心神不宁了,好好复习考试啊!"

有同学瞧出了他情绪低落,擦身而过的时候,轻拍他的肩膀。

"考试?!"

这两个字像一针兴奋剂,让孔哲莫名惊叫。

他忽然想起今天早上郑小尘是有考试的。不知道他是否会去呢?一边想着,他的脚步已经改变了方向,加速往六教的方向走去。

考试季的时候,人们都开始装模作样地发奋苦读,不装好学生,便装学术男,图书馆和教室里都人满为患,校园里一下变得安静了很多。在长长的林阴道上,竟然只有他一个人,他不停地回头望,期待着有什么忽然出现。也许在他的想象中,他的身边该会有很多人:一些老朋友,一些新朋友……

正在考试中的教学楼更是安静异常,长长的过道上,孔哲听到了自己脚步的回音。

他并不知道郑小尘在哪个教室,所以只能一个一个地去找。幸好在考试的只有两层,所以他搜索的范围还不算大得令人绝望。

贴近大门上的玻璃孔,孔哲的目光不断和监考老师犀利的目光碰撞。老师警惕的神情,仿佛他是一个光天化日之下图谋不轨的小偷或者杀人犯。于是,他装作去找教室而误闯的样子,往教室里的人身上一遍扫过之后,就匆忙地逃离。

就这样艰难搜索着……

在二层倒数第二个教室里,他终于捕捉到了郑小尘的身影!

坐在窗边,手里握着钢笔,望着窗外出神。他的视野的远处,就是在树梢之中露出高高尖顶的橘子郡。虽然是惊鸿一瞥,但孔哲还是能清楚地将郑小尘从人群中迅速地辨认出来。

笑容在孔哲的脸上轻轻浮现,监考老师的脚步却已经往门口移动。与此同时,监考老师的眼睛里发出的光,就像一把锋利的匕首尖上的芒。

孔哲转身就走。听到开门的声音,孔哲加快脚步,迅速穿过走廊,拐下楼梯。确定不会有老师追过来,他一只手扶在墙壁上,才长长地吁了一口气。

消失了的郑小尘终于出现了,这让孔哲感觉像一桩命案终于有了结果。但他不知道郑小尘是否已经回过橘子郡了,他也不知道桑佩佩是否已经醒了,是否此刻也在担心着郑小尘的考试。他掏出手机想给桑佩佩发短信,但是字写出来几个,又删除了。

孔哲将手机轻轻放进背包,淡淡地笑了笑,双手伸进裤兜,挺直了腰杆,往复旦正门走去。

在正门口,他给爸爸打了一个电话,要他一会儿来接他。

他老爸说:"你上次不是说要考试,最近不回来了吗?"

孔哲说:"我想我妈了,你总不能以学习为由,阻断骨肉亲情吧!"

本田走到一半,孔哲的手机就开始不停振动,他掏出来一看:郑小尘!孔哲看看表,已经十点半,知道是他下考场了。但他并没有接听,只是将手机放回了书包里,然后装作不觉,戴上MP3,钻进陈绮贞的《花的姿态》。

过了一会儿,司机叔叔回过头来问:"小哲,什么在振动,是不是你的手机?"

孔哲装作如梦初醒,答道:"哦……"

他慢腾腾地摘下MP3,掏出手机,仍没有接听,只是静静地看着屏幕的闪烁,等待着对方自动挂断。然后,他迅速将手机模式设置为"无声"状态。

现在,轮到孔哲玩消失了。

回到家里,妈妈忙着做他最喜欢吃的菜,而他躲进卧室里,将书架顶上、床铺下面那些他几乎忘记的幼时珍藏全部掏了出来。

那些带着时光痕迹的东西是他二十多年来的珍宝:小学六年级的课本,字体歪歪斜斜的作文本,颜色各异五彩斑斓的笔记本,手绘连环画,一擦借来的但从来没有看懂的《演讲与口才》,自己捏造的泥人,有猴票四方连的集邮册,黑白照片的像册,布娃娃,八岁时第一次吃生日蛋糕剩下的生日蜡烛,还有他从废纸篓里捡回来的爷爷写的书法条幅……

那些被别人清扫出记忆的东西,却是孔哲沉迷的东西。搬了好几次家,每次他都是在爸妈准备毫不留情扔掉老物件之前,就将它们装在几个盒子里,并学着古人有模有样地贴上封条,上面写着:

"此处藏有宝贝,想扔掉它们的人请后退三十里。"

整个下午他都沉浸在对时光的回忆里。他把所有东西都掏出来,摆在木地板上，像检阅一个巨大的军团。细细看一遍，钻进云雾里，去想想与之有关的人或事，再将它们——小心翼翼放回盒子里，盖上盖。

但有一根生日蜡烛他没有放回去。黄色的烛，白色的芯，细细的螺旋。他嗅了嗅，那上面仿佛还留有奶油的香味。

这是八岁时第一次吃生日蛋糕留下来的，他一直舍不得扔。在他看来，这也许就是一种记忆线索，唯有它能使自己清晰地记起沾满奶油的手指在嘴巴里吮吸时那种甜美的滋味。

孔哲将蜡烛点燃。

蜡烛燃烧时发出"吱吱吱"的声音，轻轻腾起一些烟雾。在烟雾里，孔哲仿佛听到了耳边有风。烛光在风声中摇晃了一下，但很快又安静下来，蓝色的火焰像一张精灵的脸。也许像凡·高。

他开始唱生日歌，就像昨晚桑佩佩给她自己唱的那样。

只是他没有泪水，也没有哭泣，只有些伤感情绪在内心像一只蚂蚁那样爬动，越爬越远，毕竟无忧无虑的少年时光，已经一去不复返了。

现在人海里忙碌得找不到自己的人们，终于挤出空闲，坐在草地上或者一个空调房间里，开始考虑一个既复杂又简单的名词：爱情。

什么样的东西才是爱情呢？它像一个苹果那么简单，还是如一个迷宫那样复杂？即便拥有了，又如何去维护呢？

在蓝色火焰的中心，天才又邪气的凡·高忽然消失了，取而代之的是桑佩佩的脸。凡·高没有获得他所期望的爱情，而桑佩佩的爱情则像一个美丽的苹果被人冷不丁咬了一口。黑色的伤口，停在半空的创可贴。

爱情让人害怕。

在蜡烛将要燃尽的时候，孔哲"噗"的一声抢先将它吹灭。烟很快腾起，有难闻的味道冒出来，孔哲在想象那是否是爱情熄灭了？

吃饭的时候，老妈冷不丁地问道：

"咦，窈窈最近怎么样啊？好久没有来过我们家了哦！"

孔哲警惕地反问："你要干吗？难道还想她做你们家的儿媳妇不成？"

这个夏天很**特别**，但没有想到竟然这么快就过去了。

我们需要回来吗？
需要回到起点吗？
我见到你？你见到我？

"怎么？不可以吗？人家那么漂亮，我倒是怕她不愿意呢！"

"哦？你就会长人家志气、灭自己威风！再怎么，你儿子也是素有口碑的一等一的帅哥啊，配她绰绰有余！"

"既然是帅哥，怎么还没有见你带女朋友回来？"

"您老在想什么啊！匈奴未灭，何以家为？再说了现在的所谓情啊爱啊，太不靠谱了，你总不能让你儿子玩了爱情、赔了前程吧！"

"你不靠谱，但人家窈窈可是个靠谱的女孩！"

"女大十八变！你多久没见她了，还妄下结论！"

"怎么？"

"……她都要去非洲了！"

"非洲？"

"怎么去非洲？"

"陪——"孔哲刚想说"陪读"，但一想不对，立刻创造了一个新名词，"陪援！"

"陪援？"

"陪男朋友去援助非洲！"

孔妈妈听了就呆了，叫道："她有男朋友了？"

孔哲放下碗筷，一边转身走进卧室，一边说道："兴许苏窈窈她妈妈比你还急吧！"

No. 34

吃了饭,孔哲倒头便睡。

他实在太累了,连晚饭时间也睡过去了。他迷迷糊糊听到妈妈叫他吃饭,但是他几乎被关在了梦中,连睁开眼睛的力气都没有了。

就这样,他一直睡到了妈妈跑进来,叫他接电话。

他挣扎着爬起来,看看墙上的钟,天哪,竟然已经是晚上十一点了,而他自己却还是昏昏沉沉的,仿佛已经几辈子没有睡眠似的。

"谁啊?"

"不知道,说是你的同学。"

孔哲露出疑惑的目光。他的同学中,除了苏窈窈,应该没有任何人知道他家的电话号码。而妈妈的神情表明并非苏窈窈,那会是谁呢?

孔哲整个人陷入沙发里,懒洋洋地接过电话:"你好,哪位?"

电话那头沉默了一秒,回答道:"我是小尘……"

"小尘?"孔哲惊讶地从沙发里爬起来,立直了身体。

"对,是我。"

"你怎么会有我家的号码?"

"想弄到不是一件很难的事情吧！难道你家的号码是国家机密吗？"

"当然不是。只是——"

"怎么？"

"没什么。你找我有事吗？"

"没事就不能找你吗？"

"没事，当然也可以找啊，只不过——"

孔哲再看看墙上的钟，它正指向深夜十一点二十分。

"对不起，我知道很晚了，但是我……我现在就在你们家楼下。"

"楼下？"孔哲惊叫的同时，已经把电话撂到一边，冲到阳台上。

楼门口，昏暗的路灯下，停着一辆轿车，玻璃窗慢慢摇下，有一张脸探出来。果然是郑小尘。

回到客厅，孔哲对着电话说了一句"等我十分钟"，然后挂掉。

孔哲走出家门，他听到老爸穿着睡衣冲出来吼叫的声音。他顾不得那么多，透过门缝，抛下一句"我回学校去了"，然后"咚咚咚"地下楼去了，几乎一路蹦跳。

母亲站在阳台上，看见他钻进了楼门口的一辆轿车里，离开院子，然后不知所踪。而父亲怒气冲冲地端坐在客厅里，嘟囔道：

"他翅膀长硬了，要飞了是吧！"

母亲走过来，在父亲身边坐下，略显平静地说："没事，是和男孩子一起出去的。"

"男孩？"

"我刚在阳台上看到。开车来的，可能有些急事。"

"他现在和什么人玩在一起啊！大学生人人都会有车吗？"

"这么大的孩子了，让他去吧。"

"都是你溺爱、放纵他！"

孔妈妈有点委屈，反驳道："子不教，父之过，不要和我扯上关系。"

但妈妈依旧一夜未眠。她想给儿子打电话，几次拿起了电话又放下。

橘子郡男孩

她知道，儿子一旦长大了，就该让他自己去飞了。

郑小尘开车，将车窗全部打开。

远处，东方明珠塔上的灯火已经熄灭。尖顶上空的天空像一片水墨，浓淡相宜。两个人都没有说话。风像水流一样，掀起郑小尘的长发。

离开宽阔的大道，小轿车安静地在昏暗的房屋间穿来穿去，不知道开往哪里。过了好一会儿，孔哲将游弋的心收回来，正了正身体，恰巧碰到了反光镜中郑小尘的目光。他低下头，听到郑小尘淡淡地问道：

"你的手机呢？"

"呃？"

"怎么一直不接电话？"

"放书包里了……"

又是一阵沉默。车不知道从什么地方一拐，已经开上了高架公路。

孔哲故意反问道："你给我打过电话？"

"差不多打爆了吧。"

"噢，我一天都没理它。怎么？"

郑小尘的目光在反光镜里闪烁，但孔哲将头探出窗外。他的视野之中，这座城市变成一个又一个在黑色背景上的亮点，宛若繁星。

"早上你怎么闪一下就跑了？"

"早上？"

"在我的考场啊！"

"你怎么知道？"

"看见你了！"

"是吗？"

"还以为你会在六教门口等我呢。"

"……"

"没想到一出来，人也找不见，电话也不接。"

"我不知道你在哪里。"

"不知道？——那你去干吗？"

"随便找个教室坐坐而已。"

"不带书包去教室'坐坐'？"

"你怎么知道我没有带书包。"

"我坐窗口，看到你从幼儿园的边上走过来。"

"……"

"你在生我的气？"

"没有。"孔哲忽然觉得气氛有点尴尬，立即高声笑道，"哈哈，你又没有惹我，我犯的着生你的气吗？"

"但是……"

"没什么，我只是有点累……"

孔哲闭上眼，仰起头，往后靠。他想将自己关闭在一片空白和虚无里。但桑佩佩的脸像一道光从黑暗中闪进来。

孔哲睁开眼睛，又闭上，缓缓地扭动头，将脸不断迎向风。他现在需要的是使自己忘记一些事情，忘记一些不快，也忘记一些名字和面孔。

"不舒服吗？"郑小尘问道。

孔哲依旧在扭动头，没有回答。

过了一会儿，孔哲若即若离地问道："你怎么弄到我家电话号码的？"

"窈窈。"回答也很平淡。

"也只有她了。"孔哲笑笑，浅浅的笑容像雨水滴落湖面的水洼。

"她要去非洲了，你知道吗？"郑小尘说。

"知道。"

"那就好……到时候，我们去送送他们吧。"

"……"

"怎么？"

"他们还会回来的。算是远行呢——"

郑小尘幽幽地吐出"远行"两个字的时候，孔哲的目光在他的视野尽头挣扎。他想看得更远，但是不能。

远方——他不知道那更远的地方还有什么。

"非洲,真的好远啊——"

与其说这是对郑小尘的回答,还不如说是孔哲的自言自语。

郑小尘开始默不作声,他点一支香烟在嘴里。烟雾再一次在他英俊的脸庞散开。

"我们要去哪里?"

"……"

"你要把我卖掉吗?"

"你觉得你能卖得出好价钱吗?"

"那么……"

"我们去海边。"

No. 35

"海边？"

孔哲抱住郑小尘身后的沙发，惊叫了起来。

郑小尘在后视镜里冲孔哲咧嘴微笑，并不作出任何回应。

这时，车子已经冲下了高架，往灯光稀落、远离霓虹和繁华的地方开。黑暗的深处，也许就是郑小尘说的"海边"。看过地图，孔哲知道这段距离并不是很远，但在黑暗中，仿佛一切都是不确定的，前方有精灵，也有恶魔，有花园，也有荆棘丛。

不过大海却是他向往的。

在所有的词典中，大概只有"天空"可以和"大海"在广阔及深度上争奇斗艳。这两个以蓝色为主调的词汇，吸引了无数人的目光，勾勒了无数人的想象。他们儿时的梦境，不是在天空飞翔，就是在海中畅游。

与中国大多数孩子最初学会写的字是"人"、"口"、"手"不一样，孔哲最先学会的是"大海"。这个词在很长的一段时间里反复被他张冠李戴在很多事物上，比如湛蓝的天空中的一朵白云，在他看来，就是大海里一只安静睡着的海豚。

他对爷爷说，他想去看海豚。爷爷说明天就带你去。可是过了好久好久，爷爷都已经从他的生活中消失了很久，他还没有看到过海。

十五岁那年夏天，要升高一前的暑假，他独自一人去了青岛。在飞机上，他第一次看到海的轮廓：模糊的一条白线，看不到海浪，看不到帆船，也看不到海豚腾起的细浪。一切都平如光滑的丝绸，一切都静如睡眠的镜子。

安静的下午，阳光充沛。

青岛汇泉湾里的海清澈见底，海水从平时的墨蓝变为淡蓝，像液体的水晶，轻轻流动。一尾一尾的小鱼游到近岸的地方，即使有"猎人"的守候，它们仍然放松地扭动身姿，尽情享受充足的阳光。

岸边除了沙滩之外，还布满了礁石和悬崖，亮丽的黄色和海水的淡蓝互相映衬，使海边的景色明丽透亮。有很多穿婚纱的新人来到这里拍照，白色的婚纱和白色的燕尾服，在海鸥的尖叫声中，留下一幅美丽的爱情图画。

终于在黄昏时分，他要出海了。

在快艇上，风很大，船舷激起巨大的浪花。兴奋的他觉得自己都要飘起来，目光紧随着海鸥的翅膀，忽高忽低，忽远忽近。同时，他的内心在祈祷，希望能看到海豚。但救生员告诉他，胶州湾海域可以捕捉到鲨鱼，但极少会有海豚的出没。那些偶然现身的海豚或是尾随欲捕食的鱼群途经此地，或者迷路，但它们几乎不会在这里定居，因为海水太冷了。

孔哲回望远处这座城市无与伦比的美丽风景，心里有无限伤感。

现在他长大了。善良依旧，但是已经不再有那样单纯、清澈的目光了。大海依旧牵动着他的想象和梦境，只是其中不再会有那些海魂精灵的影子。他更愿意将大海看作是自己心情低落的时候，可以包容他的一个巨大的怀抱，一个可以抵抗内心风暴的遥远港湾。

每个人都需要一个怀抱，不是吗？

"有点冷，我们关上窗户吧。"

孔哲的回忆被郑小尘打断。他愣了一下，"哦"了一声，马上去按按钮，但是关闭程序已经被郑小尘启动,玻璃像几个小人,冷冰冰地刷刷起立。

　　没有风了,也听不到风声,孔哲感觉能听到自己的呼吸。头有点晕,可能是因为睡得太久的缘故。不知道说什么,所以他闭上眼睛,一副昏昏欲睡的样子。

　　"困了?"郑小尘问道。

　　"不困。"

　　"但我困了。"

　　"呃?"

　　"今天在超市,差点就趴在一棵白菜上睡着了。"

　　"哦。"孔哲淡淡地应着。

　　"你来开车好吗?"

　　"我?"

　　"实在太困了。如果你不来,我怕我会把车开到海里去。"

　　"但我不认识路。"

　　"我会告诉你怎么走。"

　　"好吧。你把车停在路边。"

　　孔哲坐在驾驶位,好久没有在夜里摸过方向盘了,感觉有点忐忑。车子开动起来后,慢慢地走,他一直将车速控制在悠闲漫步的程度。

　　在黑暗中,一切都需要节制,爱情如此,友情如此,开车也是如此。

　　沿着刚才的路,一直开过来,十多分钟都没有分岔口。车子如陆地行舟,辛苦却也平静。孔哲回过头去,发现郑小尘并没有如他所说的急着要到周公那里去报到。他躺在后座上,双腿蜷缩,头枕着两手,没有睡,眼睛睁得大大的,直直地望着轿车顶棚。

　　"不睡?"

　　"睡不着。"郑小尘说话的声音很低。

　　"刚才你不是困得要跳海吗?"

　　"现在好多了,我们说会儿话吧!"

　　"说什么?"

"你真的没有恋爱过吗？"

"问这个干吗？"

"呵呵，我们好像从来没有讨论过你的终身大事呢！"

"你自己都烂在泥里了，还有闲心管别人的事？"

孔哲的话里夹杂着略带讽刺的尾音。

"呵呵，兄弟的事从来都比我自己的事重要啊。这都是从你那里学来的宝贵品质呢！"

"少贫了，你先为自己杀出一条血路来吧！小心拖泥带水、赔了夫人又折兵不说，还将自己的小命都搭上。"

"我死不足惜，死不足惜……"

郑小尘说话的样子，仿佛是有无数把刀架在他的脖子上，但他与刽子手怒目对视，正气凛然，使天地动容，六月飘雪。

"呃，你真是末路英雄啊，死到临头，还壮怀激烈，浩气长存！"

"没办法嘛，谁叫你是我的兄弟呢！"

说到此时，郑小尘腾地立起身体，抓住孔哲的肩膀：

"小哲，你是不是喜欢不固定的那种？"

"放屁！你以为我有你那么龌龊吗！"

"蝌蚪在水中待久了，还会想着变成青蛙跳上岸呢！你处男做久了，难道就没有腻烦的时候？"

"我可是良家子弟，别把我往坏处引！"

"我有吗？不过就事论事罢了！"

"还是关心一下你自己吧——佩佩呢？"

孔哲犹豫了一下，还是惴惴不安地问到了这个名字。虽然他不确定昨晚到底发生了什么，但是所有的"可能"都会使他的呼吸瞬间急促起来。

"我们现在去找她。"

"现在？"

"嗯。"

"什么意思？我不明白。现在去海边找她？"

"对。"

"发生什么事了？"

孔哲的心一下就被揪起来了。他感觉握着方向盘的手渗出了汗，远处的弯道变得异常扭曲起来，仿佛一下子就变成了九十度，人和车都即将从悬崖上飞出去。

"她一个人来了海边。"

"现在她就在海边？"

孔哲发现自己一边惊叫，身体一边从座位上跳了起来。手一滑，车子立刻在路面上扭起了"秧歌"。

一阵慌乱失控之后，车子终于停在了路边。

"怎么回事啊？"

郑小尘被吓到了，车还没停，他就爬到了副驾驶位。他看到黄豆大的汗珠从孔哲的额头上流下来，他大口大口地喘气，惊魂未定。

"没事了，没事了……"

郑小尘轻轻地拍拍他的肩膀，给他高声的鼓励：

"靠，小 case 啦！我刚学会开车那年，不知道怎么回事开着车就冲进稻田里去了。因为泥土柔软，所以毫发未伤。庆幸自己福大命大之际，发现稻田里的风景真是好啊，坐在车子里都不愿意走了。过了好一会儿，才用力推开车门，打着赤脚从稻田里走出来的！更搞笑的是，车子被拖上来，竟然发现里面爬了好几只青蛙！哈哈！"

"哈哈——哈，拜托，大哥，你讲的笑话一点都不好笑！"

孔哲跳下车，听到郑小尘追出来，在他身后叫道：

"你那么在乎她啊！不会是爱上她了吧？"

孔哲听到这句话，站住了，他仰头朝布满星辰的天空笑了笑，回过头，一脸天真地说：

"靠！你说谁呢？求你别搞笑了好吧！你是好人，你对兄弟好，难道我就是衰人，我就天天只想着挖兄弟的墙脚？真是——世道艰难，好人难做啊！"

"哈哈,我也是随便调侃你一下啦——谁叫你刚才一听到她怎么怎么的,差点掉了魂!"

"真是狗咬吕洞宾不识好人心!"

"什么?"

风很大,声音很快就被吹散,郑小尘远远地只能抓住孔哲的尾音。他跑过去,大声叫道:

"你说什么?"

孔哲笑了笑,望了望远方平坦的旷野,大声在他耳边回答道:

"我说——你很帅!"

"我当然很帅啦!"郑小尘也大声叫道,"你以为我是谁啊!我是美貌与智慧并重,英雄与侠义齐飞,风靡万千少女,征服无数阿姨,净化社会风气,提高青年内涵,两只黄鹂鸣翠柳,一树梨花压海棠的超级无敌美少年郑小尘!"

孔哲听了,笑得两只眼珠都要被挤出来了。末了,他好不容易止住笑,抱紧笑痛的肚子说:

"拜托你以后去肛肠科工作好吗?可以为洗胃病人节约很多开销呢!"

郑小尘笑笑,刚要说什么,孔哲已经从他身后绕开,进了轿车里。

郑小尘理了理飘扬的长发,依旧笑笑,然后,他躲在风中,努力去点燃一支香烟。刚往星空吐出了长长的第一口烟雾,他就听到了轿车启动的声音。然后,他看到轿车冲到他前面,越来越快,迅速变成两个几乎消失不见的小红点。

郑小尘沿着公路向前走了五分钟,第二支香烟已经剩下烟头了,还没有看到孔哲回来。

此刻,疲惫像铅水一样,在他的双腿中发挥作用了。他甚至觉得脑袋也昏沉沉的,真的要倒在路边睡着了。

掏出手机,打孔哲的电话,无人理会,他又发短信。

"你劫车逃跑，就不怕我打'110'吗？根据《中华人民共和国刑法》，你将因为抢劫罪被判处有期徒刑五十年！"

孔哲的短信迅速发来：

"你土了吧，不是内行了吧。我的行为顶多算是偷窃，哪里是抢劫，连抢夺都算不上！"

郑小尘此刻才意识到与自己斗嘴的这个人是法学院的。他打了一个长长的哈欠，感觉看手机屏幕的时候，上下眼皮都在打架。

他没有办法了，最后他想到了刚才遇险的那一幕，诡异地笑了。

他发给孔哲的那条信息上写着：你要独自去找佩佩吗？

不到一分钟，郑小尘看到了前方有车灯扫过，将自己的影子拉得长长的。

郑小尘跳上副驾驶位，车迅速启动，像一头发怒的狮子一样，在道路上狂奔起来。黑暗像流水一样冲刷着玻璃，仿佛有无数的眼睛透过玻璃在向内窥探。

"你疯了吧！"郑小尘的整个身体都被惯性甩向车后部，他紧紧抓住把手大叫道，"你这样真的要把我们送到上帝那里去的！"

反光镜里，孔哲死死地盯着前方的道路。车速并没有减下来。

"这就是你的爱的证明吗？"郑小尘忽然叫道。

此话一出口，车速放慢了下来，并且再一次停在了路旁。

车子还在震荡，孔哲回过头来，说：

"物归原主！你要怎么开就怎么开，要像鸟飞过去就飞过去，要像蜗牛爬过去就爬过去！反正现在你们与我没有任何干系，就当我不存在！"

"哈哈，我还是在开玩笑啊！不激将一下你，你真的会将我们送到大海里去！"

"拜托——我还不至于饿得要拉上你钻进鲨鱼肚子里去抢东西吧！"

"嘻嘻，你不饿，是急！"

郑小尘的调侃都指向桑佩佩，孔哲已经不堪忍受。他爬到后座，躺下来装作蒙头大睡。车子再次启动,传来郑小尘的笑声,但是笑声和车子发出的所有声响都越来越小……

就这样在颠簸中,孔哲真的睡着了。

No. 36

等孔哲醒来，车子已停在了一片沙滩上。

走下车，月朗星稀，郑小尘已经不知去向。孔哲沿着沙滩跑了一圈，大声喊郑小尘的名字，空荡荡的沙滩上没有回音。

他爬上沙滩边的高地。远处有灯火闪烁，密密集集，连成一片，并且传来机器的轰鸣声和轮船的长长的汽笛声。他所面对的仿佛是一个日夜不息的巨大港口。

他回到沙滩，脱掉鞋子，卷起裤脚，将脚伸进海水里。海水有一点凉，让他倒吸一口冷气，但他还是决定往海里慢慢走去，直到海水淹没了膝盖，让自己在被吞噬的感觉的边缘游走。

回到岸边。月光下，还有一两只小螃蟹拖着钳子爬过来，警惕地举起"武器"，好像念着咒语或者高喊着口号：缴枪不杀。

孔哲想到这儿，全然忘记了对郑小尘和桑佩佩的担忧，扑哧笑了。

对于孔哲来说，现在也许是难得的时刻，他正在享受着这个时刻。没有人，没有面孔，没有声音，没有为别人的担忧，也没有因为自我的烦恼。简简单单，干干脆脆，想做什么就做什么，甚至他可以脱光身上所有

橘子郡男孩

的衣服,纵身跳进大海里畅游或者浮在水面,静静等待一群在月光下唱歌的海豚。

夜色渐深,感觉水渐渐凉了起来。上了岸,赤脚在沙滩上走着,或者张开双臂奔走,尽情地让风吹乱衣裳和头发,像吹起身上细微的羽毛,人仿佛就要腾空而起。能从有星星的天空,俯瞰这个海湾,肯定是别有一番风情吧。

孔哲躺在沙滩上,仰面与遥远的星辰对视。他没有给郑小尘和桑佩佩打电话或发信息,他心中确信他们是不会丢失的,或者他想到的是,那些在恋爱中沉迷的人们有意将他丢弃在这片荒凉的沙滩上。但他并不生气,并不懊恼,反而他感恩于人,让他享受难得的安宁时光。

内心的安宁,就像一座坚不可摧的城堡,你可以自由进出,但是关上门,却没有人能轻易进来。

孔哲再度从睡梦中醒来,是因为听到了呼喊声。

他不确定那是在叫自己,但是他感觉到耳膜在轻微地振动,仿佛有很多蚂蚁爬了进来,在上面重重地跳来跳去。

他挣扎着睁开眼睛,看到有个黑影由远及近。当那个黑影走到面前的时候,他确定那就是刚从身边蒸发了的郑小尘。

"小哲!快起来,我们上车!"

"怎么?"

"我发现佩佩的车了!"

孔哲的睡意被这一句话已经完全驱散了:"她的车?人呢?"

"我看见在前面的桥上。我走不过去,我们开车上去吧!"

"哪里?"

郑小尘往远处一指,那里有灯火连成一条长线。再仔细一看,一座长桥的轮廓若隐若现,像小时候看到过的火草舞龙灯,向大海深处缓缓延伸。

"东海大桥!"

"天哪,那就是东海大桥?"

孔哲兴奋地跳了起来。他跳得很高，以至于他觉得自己几乎触到了天上的星星。

东海大桥。世界的一个奇迹。

东海大桥起始于南汇的临港新城，穿过茫茫的大海，跨越三十公里长的杭州湾北部海域，直达已属浙江的小洋山岛。有一天，这座桥忽然吸引住了无数人的目光，因为它成为中国最长，也是世界上最长的跨海大桥。

看着孔哲跳起来，郑小尘也兴奋了起来。两人跳上车，迅速转动的轮子在沙滩上扬起一阵细细的沙风。

"你怎么知道佩佩来这里了？"

"她难过的时候，如果在学校里找不到，就一定是到这里来了。"

"这片沙滩？"

"嗯。"

"为什么要来这么偏僻荒凉的地方呢？"

"因为……"

"呃？"

"说来好玩，这是我们第一次相遇的地方。"

"这种荒郊野外？你们不是在学校认识的嘛。"

"不是。"

"难道也是这样一个情意绵绵的夜晚？"

"呵呵，差不多吧。"

"分别夜奔？想躲到一个别人找不到的地方，然后竟然在这片小沙滩上不期而遇？"

"……"

"一见钟情？然后，一起躺在沙滩上数星星看月亮？在太阳还没有来得及跳出来之前，就已经私定终身了？"

橘子郡男孩

"呵呵——你很聪明啊！很有想象力，我觉得你可以去写小说了！"

编码，解码。出乎意料，被人轻易地带入到过去时光的回忆之中，郑小尘一阵傻笑。在他平时酷得波澜不惊的脸上，此刻不仅有初恋般的羞涩，更有幸福如清风拂面。

有人夸自己聪明，孔哲自然也得意洋洋，但他想展示自己的那点小聪明，又想不露痕迹，于是赶紧否认：

"哎，你们才聪明呢！能把生活过得如此精彩，闹个别扭还那么不辞辛劳地跑来'忆苦思甜'！如果结婚了，还不得全世界地选景啊！"

郑小尘笑笑，没有回答。

过了好一会儿，他回过头，忧郁的眼神在孔哲的脸上停留了几秒钟，缓缓说道："也许那一切都将成为回忆了吧！"

"怎么？"

"她给我发了一个信息，说要去一个地方向过去告别。我猜就是来了这里。"

"告别？有那么严重吗？小恋人吵吵架不过是平淡生活的调剂！"

"如果吵架能成为一种调剂的话，那么它也会使爱情转变成另外一种东西。"

"另外一种什么东西？什么？"

"亲情。"

"噢。"

"这个世界绝不会有永恒的爱的，只会有永恒的亲情。爱是脆弱的，有时候都抵挡不住一块石头。爱情也是容易变质的，或者说它肯定会变质的。爱情一旦'升华'为亲情，同时也意味着它'堕落'为亲情。"

"你什么时候成为哲学家了？我不懂，我只知道你的那个她很爱很爱你，她不会离开你的！"

"也许吧——"

"不要这么伤感好吗？你不是一树梨花压海棠，两只黄鹂鸣翠柳的超级无敌美少年吗？难得看不到你的嚣张气焰，为什么一下子就会变成一只弱小善良的小猫？——真是世事难料啊！"

"只是在一起久了，就会互相失去。"

"互相失去？"

"……"

"那艾丽斯呢？"

"我们早就互相失去了。"

"这次……"

"这次只是告个别吧，弥补一下她以前不辞而别的遗憾。"

"那以后？"

"她明天就要带上她爸爸的骨灰回英国，也许再也不回来了。"

"……"

　　就在他们说话的当口，车子已经驶上了高速公路。在风的带动下，车开得很快。公路尽头的那座灯火辉煌、犹如火龙的东海大桥仿佛近在咫尺。

　　很快，孔哲和郑小尘都看到了停在桥头的那辆白色别克。那辆车孔哲是见过的，本来前几天他和桑佩佩就是要开着这辆车来海边的，没想到事出突然。

　　车冲到了白色别克前，郑小尘几乎是夺门而出。而孔哲则不紧不慢地跳下车，然后远远地跟在后面。

　　他看到郑小尘拍打着车窗，然后围着车子转了一圈，停下来，双手抱紧头，一副失魂落魄、茫然无措的样子。

　　孔哲跑过去，也围着车子转了一圈，发现里面没有人。再看看车牌，的确是桑佩佩的。

　　"上车吧，她一定是去了桥上！"

　　郑小尘拉住他的手臂，朝自己的车冲去。孔哲感觉风在耳边，就像瀑布一样打在身上，轻微的疼痛让他想往后退。

　　车到桥头，被全副武装的武警拦了下来。没有特别通行证，不再允许前行。

望着前方以"S"形蜿蜒而去的大桥，郑小尘仿佛看到了桑佩佩就靠在某一段栏杆上回望着这里。她的眼神里充满了凄楚，她的心如遥远的星辰那般清澈，那般寒冷。

"请问您看到一个女孩从这里走过去吗？"郑小尘问。

武警摇摇头。

"齐肩的短发，这边头发上还系着一个洋娃娃！"孔哲补充道。

武警仍然摇摇头。

"不可能啊！她的车还在那边，人怎么可能不见了呢！"

这时，武警的旁边钻出另一个矮个子武警来："你们说的是那辆车吗？"

武警指的车正是在停车场左边的那辆白色别克。

"是啊！是啊！你见过她吗？"

郑小尘差点要拉住那个人的手了。

"她去了桥上——不过是十点前去的！"

"十点前？"

"她走到这里的时候，有通行证，但她说不想开车过去，要走过去。"

"走过去？"

"我告诉她桥有三十多公里长，风又大，很危险——但她还是坚持要上去。她还风趣地说，你放心，我如此年轻美貌，绝不是去寻短见的。"

"然后她就一个人上去了？"

"有通行证，我们为什么不放行呢？——哦，想起来了，为了让我相信她不是什么'女特务'之类的，她还掏出了一张学生证，好像是……"

"是复旦的学生证吗？"

"是，是，是。"

郑小尘和孔哲交换了一下眼神，说道：

"她就是我们要找的人……能否让我们上去找她？"

武警笑笑说："十点后绝对不可以通行，更何况你们连通行证都没有！"

"求求你们了！"

"这是绝对不行的，我们有纪律的！"

"那……"

"没有任何办法，你们只能在这里等她。"

回到车里，郑小尘不停地给桑佩佩打电话、发信息。

手机已经关机。

孔哲望望焦急的郑小尘，投给他一个安慰的微笑，说：

"就在这里等她吧，一会儿她就会回来的。"

郑小尘看看表，已经是凌晨两点。三十公里，就是从五角场走到徐家汇的距离，不知道桑佩佩走到哪里了。

她是否走到了尽头，或者她只走了一半，就倒在桥上睡着了。

想象带来焦虑，焦虑煎熬着他的心。

时间过得很慢。关卡的灯光下，只有武警在不停走动，不停往这边张望，没有人走出来，也没有人走进去。

巨大的桥，就像一个只在幻想中存在的积木玩具。

郑小尘在前面猛猛地抽烟，反光镜里他的脸像一块千疮百孔的礁石。孔哲躺在后座上，掏出手机，目光在桑佩佩的名字上停留了好几分钟之后，他给她发出了一条信息：

"小尘依旧很爱你，你要原谅他。"

信息刚显示发出去，就看到郑小尘冲出了车门。

半圆形的停车场凸出海面，正对着东海大桥"S"形弯曲的桥身。郑小尘将半个身体都探出了围栏，对着远处的大桥，歇斯底里地大声叫喊了起来："佩佩——佩佩——我在这里——"

孔哲坐在车里，点燃一支烟，自言自语道："爱情原来是魔鬼！"

No. 37

孔哲被郑小尘叫醒。

他艰难地睁开惺忪的眼睛，立起身体。清晨柔和的阳光在车窗外攀爬。手腕上的表指针指向早上六点。

"那不是佩佩吗？"孔哲叫道。

顺着孔哲的手望过去，停车场向海面凸出的平台上，有一个熟悉的背影，定定地望着远方，白色的裙子被风吹起倒向一边……

郑小尘轻轻地推开车门，缓缓的步子，慢慢向那个身影走去。而孔哲跳下车，站立不动，只是远远地看着他们。

终于他看到两个身影靠在了一起。

风很大，郑小尘的头发扬了起来。他们的头顶上，有三两只海鸥，不断俯冲下来，又转身冲向空中。

不知道为什么，孔哲开始羡慕起郑小尘。

他开始回忆认识郑小尘和桑佩佩后的每一个细节，每一个场景，甚至每一次对话和眼神。很清晰，记忆就像一个新鲜的橘子被他轻轻剥开。

高挑的个子，长发飘飘，俊秀的脸庞，棱角分明，还有显赫的家世，不断让人眼红的爱情故事。二十岁的郑小尘真是上帝的宠儿。

而桑佩佩则是那些让人眼红的爱情故事里的其中一个令人嫉恨的女主角。她聪明,漂亮,活泼的样子像个肆无忌惮的天使。此外,还有美丽的艾丽斯……她们都将爱交付到同一个男孩手里。

也许在图书馆偶然认识他们之前,他是去听过郑小尘的原创音乐会的。

对!他终于想起来了——有一天晚上,他一个人走在相辉堂前的草地上,听到里面传来民谣一般的歌声。他走进去,一场原创音乐会已经进行到了尾声。

一个长相英俊、长发飘飘的男孩最后登场,他怀抱着吉他,清唱出的歌声里全是列侬般的温暖和忧郁,让孔哲心中一震,然后他的手不由自主地鼓起掌来。但最后的一段,却是撕心裂肺般地叫喊,最后男孩将手中的吉他砸向舞台。

孔哲在充斥着人群尖叫的回忆里,确信那个人——那个歌手就是自己眼前被爱包裹的男孩郑小尘。而他为什么放弃音乐,放弃弹唱,放弃像个游吟诗人那样的生活,这一切都是孔哲所不知道的。

孔哲的羡慕一瞬间升级为妒忌。因为在他被回忆缠绕的空当,他眼前的两个身影已经紧紧重叠在了一起。"只要多一个简单的拥抱,我们内心就会少一分寒冷。"写出《恋恋半岛》的那个作家说过的话,孔哲一直记在心里。

同时,他也为自己的两位朋友感到高兴。我们在劫难中所有的坚持,不就是为了和自己的爱人紧紧地拥抱,永远地生活在一起吗?

孔哲感到头顶的太阳越来越大,他的灵魂被蒸发了出来,慢慢上升,几乎到达了云层上空,俯瞰着这个有恨、也有爱的世界。

郑小尘的唇在桑佩佩的发间轻轻移动,他的手指落在桑佩佩的鼻尖上,忽然有两滴泪让他感受到了身体的温度。

而离他们不太远的地方,孔哲禁不住要为"因为别人幸福所以自己幸

橘子郡男孩

福"而傻笑的时候，他忽然看见桑佩佩猛地将郑小尘推开了。

身体的触碰，带来了言语上的争执。孔哲慢慢跑近，看到两个人的脸，他们像刚放出笼子的两头狮子。

刚跑到他们身边，他就听到了一个响亮的耳光！

郑小尘的脸偏向一边，飘扬的长发遮掩了他的表情，但他的嘴角浮现出一种不可琢磨的笑容。

桑佩佩不知道自己怎么会突然有勇气打这个耳光，她握住刚才打郑小尘的那只手，嘴角微微翕动，翕动。

"我们分手吧！"她说。

"不。"

郑小尘淡淡地、安静地回答。微笑仍旧停留在他的嘴角。

"我们分手吧！"桑佩佩大声叫道。

"不。"

郑小尘理了理长发。这时孔哲才看到他脸庞上两行泪水。

"除了分手，我们还能怎么样？"

"我们还能像以前那样在一起！我们还能像以前那样相爱！你给我捶背，我给你喂饭，你给我洗衣服，我给你唱儿歌……"

"但——这一切——都回不去了——"

桑佩佩的泪水像泉水一样涌了出来，她声音哽咽得说不下去了。

"因为艾丽斯吗？你知道她刚失去了父亲，她在国内没有任何的亲人……"

"不是因为她。"

"那是为什么?！为什么我们不能像以前那样！"

郑小尘冲上去，紧紧抱住桑佩佩，说着就激动了起来。仿佛经过一夜等待，已经消耗了他体内的矜持和能量，他像一个虚弱的孩子，身体微微颤动。

桑佩佩再次推开郑小尘。

她望望孔哲，但孔哲立刻躲避她的目光，将视线投向远方汇集的海鸥。桑佩佩擦拭了一下泪水，神经质般地笑了笑，目光笃定地说：

"我喜欢上了别人！"

"……"

郑小尘听到这句话很惊讶，咬住嘴唇，自嘲的微笑在他脸上浮现。然后，他双手插入发丛，撩起一头长发，凄惨地问道：

"就在这一两天？"

"对，就这两天。"

桑佩佩干脆的回答，让郑小尘觉得整个世界都在和他开玩笑。他不断摇头，将长发甩向他身后看不见的天空。

蔚蓝的天空，海鸥汇集了一下，又各自分散而去，然后再汇集起来。它们有方向，但是它们没有家。它们需要看到对方的脸，听到对方的声音，才能感觉到温暖，才能忘记海的阔大、夜的寒冷。

"真的要分开吗？"

"……"

"真的要分开吗！！"

"……"

"我求你们不要玩小孩游戏了好吗？"

孔哲的声音在风中响起，但双肘仍撑在栏杆上，并没有回过头来。

对着茫茫的大海，两人都看不见他的目光。他看着凌乱飞翔的海鸥，像无数落在海面的白色花瓣。

"真的要分开吗？"郑小尘再次问道。

桑佩佩依旧没有回答。

她闭着眼睛，嘴唇轻轻颤抖，眉头紧蹙。

她想说什么，但是想说的话堵在了喉咙里。她的呼吸逐渐急促了起来，然后两行泪从眼角轻轻滑落。

郑小尘挪动脚步，两只手轻轻地围住了她的肩膀。

桑佩佩的胸部不断起伏，泪再次像潮水一样倾泻而出。然后，她的哭泣如山洪暴发，在海鸥的尖叫声中，放纵而出。

郑小尘将她紧紧地拥在怀里。

"对不起,对不起……亲爱的,对不起——"

孔哲转过身来,静静地望着两人的拥抱。他的眼里没有欣慰,也没有欣喜,反而透着淡漠,若即若离的忧伤。

"不知道此刻是重逢,还是告别。"

他在心里淡淡地念着他在某部电影里听来的独白。

就在他心里独语的时候,郑小尘抬起陷入桑佩佩发丛间的头。两目相接,微笑浮上孔哲的嘴角,他看到了郑小尘湿润的眼眶,闪闪的泪光,让清晨的天空异常明亮。

而他们身后横跨在茫茫大海上的大桥却像一个长长的通道:一个人从这里一定能走到另外一个人的内心去。

孔哲走过去,张开双臂,紧紧地将郑小尘和桑佩佩抱住。

"你们不要分开好吗? ——让我们抱在一起——就这样紧紧抱在一起……"

那个时刻,孔哲彻底地将自己忘记了。

他瞬间将自己想象成一块水晶,没有颜色,没有杂质,晶莹剔透,冰清玉洁,保留着这个世界上最不容易丢失的温暖,以及爱。

结束篇

2006 年 7 月 31 日,是中国传统的七夕,橘子郡门口挂上了红红的灯笼。

从图书馆回来,远远地,孔哲就看到很多人在园子里采摘着橘子。大厅的正中央也放着好几个大箩筐,里面全是刚采回来的红彤彤的橘子。

在牛郎和织女牵手相会的日子,橘子郡又迎来了丰收的一季。只要是住在橘子郡里的,每个人都可以分到小小的一袋,即使那些此刻放假不在学校的人,等他们回来,也会收到一份。那位白发苍苍的老园丁会将那些剩下的橘子小心翼翼地存在橘子郡下面的地窖里。再过一个月,将是难得的闰七夕,一年过两个七夕情人节的橘子郡男孩们在获得这些橘子的同时,也会获得美丽的祝福。

采摘完橘子的橘子郡一下子就安静了下来。

孔哲和郑小尘坐在橘子郡门口,看着阳光在地面落下阴影,看着喧闹的城市上空,有自己和别人喧闹的青春在高高飘扬。

此刻,顾子奇和苏窈窈已经在非洲的高原上了。他们是不是在看着那些穷人眼睛里的泪水,而悲伤地与他们对视呢?高原上的阳光是不是比这里的更透明,更热烈,更加深刻地审视着我们这些凡夫俗子的心灵呢?

艾丽斯捧着父亲的骨灰搭上了飞往英国的飞机。在她爸爸的遗嘱里,她终于知道她的母亲是谁,也终于知道母亲二十年前就安息在了异国的土地上。她的母亲因为一场空难葬身湖底,尸骨无存。她要将父亲的骨灰撒进母亲安息的那片水域去,她要让他们的灵魂在湖中相遇,永远相伴。郑小尘、孔哲以及桑佩佩都去机场送她。她没有哭,也没有泪光,她笃定地站在检票口,微笑地说:你们放心,我会过得很快乐。

那个夏天,很多天文学家在为太阳系是九大行星还是十大甚至十二大而争吵不休。但即便再多出几个,我们所居的地球还是在原来的轨道上运行。它像个安静平和的孩子,不嬉闹,不淘气,沿着以往的轨迹,吸纳着太阳的光和能量,旋回往复,生生不息。

但是就在那个夏天,桑佩佩却做出了令人出乎意料的事情。一结束期末考试,她就在孔哲的视野中消失了。等孔哲再想起她的时候,她已经变成了一团"黑炭"出现在一封电子邮件中。北上京城,经过刚开通的青藏铁路,桑佩佩独自一人到达了拉萨,然后她计划游遍整个西藏。在八角街的pub 里,她用手提电脑给郑小尘和孔哲写信。她说:我想离开你们,但是我又离不开你们。特别是在这高原之上,我越来越感受到你们是我赖以生存的空气……

孔哲和郑小尘坐在橘子郡的门口,幸福地回味着桑佩佩的话。

郑小尘说:这个夏天很特别,但没有想到竟然这么快就过去了——

2006 年 10 月 5 日于上海

鲜橙记(跋)

上海的秋天。我在复旦大学相辉堂前的草地上,独自躺了一个下午。

北纬三十一度的阳光,斜斜地照在脸上。

目光尽处,天空蔚蓝而深阔,有铁飞机如纸鸢,飘浮,消失。

三年前的此时,我突然从青岛飞抵上海。

在同一片草地上,我曾享受过同一片宁静、虚无的午后阳光,

只是那时的复旦并不属于我。在我之外,陌生人的目光闪烁,

它们如同探照灯,令我逃遁,将我驱逐。

重新回到青岛复习考研。

天很冷,风很大。整个冬天没有暖气的公寓。

昼伏夜出,像漆黑灿烂的野兽,我出现在青岛凌晨的大街上。

为好朋友推荐的一盘少年乐者的 CD,我翻遍了整座城市。

为与另一个自己对话,我穿越秋天的海洋,去会另外一片陆地。

风低落了下来,回到狭小的房间,

那里是昏暗的、阴湿的,却又被理想照亮的王国。

王子被囚禁,他费力地啃着书本,也费力地做着关于未来的迷梦。

抬起头,窗外的天空很狭窄,但毕竟不停有云和鸟飞过。

时间跑得很快,它是生活中的小偷,让我们贫穷。

但在青岛的经历,却让我慢慢变得富有。

在一本叫《恋恋半岛》的书里,我写下了美丽绝伦的半岛风景,

也写下了年少的迷茫,同时也记录下了对这座城市的爱。

橘子郡男孩 *goodbye orange county*

现在，三年过去了，青岛渐渐远离了我，

而我生活的上海，像一枚新鲜、透亮的橙子，从水底悄然浮上来。

我依然孤独、清澈、耽于梦想，我还在记录最纯真的少年情感，

时不时，我还会想起青岛的天桥上空那动人心魄的烟火，

但我终于还是写到了上海的流光溢彩，写到了美丽的橘子郡男孩。

复旦最南部的一座老房子，现在似乎成了一座装修一新的旅馆。

可那里引发了我对一群少年的最初的想象。

一个朋友就住在那里，我曾在那里孤单地、安静地坐了两个小时。

人影如鬼魅在屋外翻飞，声响如藤蔓在耳朵里舒张、攀爬，

有鲜亮的橘子落在桌子上，轻轻晃动。

一瞬间，郑小尘和孔哲在脑海中诞生了，并在这本书里存活了下来。

即便这本书已经呈现眼前，光鲜或者朴素，真诚或者伪善，

但我仍不确定自己要表达什么。这带来了

猜测和想象，不过我情愿这就是一个我所期待的美丽世界的缺口，

你们去打开它、突破它，让光芒和黑暗都在你们心中容纳。

我只是有很小的企图，如果你所读到的那些微小而美丽的心灵

能带领大家展开对年少时光的温馨回忆，那我就很开心而满足了。

十八年前，一个湘南小镇，八岁的我偷偷将邻居的眼镜架在鼻梁上。

有大人夸我很帅，说真像一个"作家"。就是那一刻闪现的虚荣心，

日后命令着我向一个叫"作家"遥远的名词，一路狂奔。

现在，我写到了第二本书，关于两个脆弱却干净的男孩。

不过，我要停下来了，写诗歌，或去那些精神矍铄的博士中间混日子。

祝福我吧。我值得你们期待。

但我不会忘记你们，那些陪我一路跑过来的人们。

感谢你们紧紧地抓住了我的手，不松开，

感谢你们让我感受到风，感受到雨，也感受到在你们中间的快乐。

此刻，你们的脸在我心头一一闪过，我想拥抱你们，

想让你们知道，前面的路途我们还将一起走过。

不弃不离，依偎取暖。

我无法全部列出你们的名字，甚至我知道有人只想悄然隐匿。

但我仍要写下一些让我感到温暖的名字。

感谢爸妈，廉洁一生的公务员和越老越清醒、越老越美丽的医生。

还有舅舅和舅妈、姨父和姨妈，可爱的表弟、表妹。

感谢童。感谢好好的好哥，好好的琼哥。

感谢老哥肖明、老姐爱华、好友大钟。

感谢一直以来支持我的哥哥金波和好友李飒、李政、李程。

感谢天才的陈错、像布道士的清水、去青岛看我的蒋峰、真诚的谷雨，

以及北大小王子小虫和天才84年博士素。

感谢好友：尹伟，花小狸，曾尹郁，moon，benn，启华，小鸡伉俪。

感谢三位才色俱佳的肉艺男：编号223，阿sam，帆帆。

感谢我的编辑张新荣老师，以及美编鲁海成大哥和贾莉大姐。

你们的支持和帮助，是我取得一点点小成绩的动力。

最后我要说的是：这本书是送给 verlo 的。

肖水 2007 年 1 月 1 日 于复旦大学

橘子郡男孩